Avertissement

Toi qui sais tout de moi mieux que moi,
tu te souviens sans doute qu'un album de mes
aventures illustrées porta jadis le titre de
San-Antonio Crusoé.
Tout aussi exotique,
San-Antonio tient le bambou
que je te propose aujourd'hui
n'a rien à voir avec cette ancienne B.D.
Encore que...
Mais bref ! Embarque sur ce bouquin,
tu tiendras le bon bout !

S.-A.

La masturbation est un vilain Defoe.
Robinson.

Et la sodomie, vieux saligaud ?
Vendredi.

A Antoine de Caunes,
en mémoire de nos pères.

Quand on a peur de la mort
et qu'on a peur de la vie,
on n'a plus peur de rien.

Première bobine

L'ASSASSIN DE BÉRU HABITE AU 21

Chapitre premier

Dans lequel il est question d'un candidat hors du commun et d'un crime étrange

– D'un coup de pic à glace dans le cœur ? Pas cool. Rue Apollinaire ? Poétique. Que personne ne touche au corps. Établissez un périmètre de sécurité et prévenez l'identité judiciaire. J'arrive.

Je raccroche et me lève. Pinuche fait irruption dans mon burlingue. Il a l'air excité comme le soir où il a confondu son somnifère avec du Viagra.

– Vvviens vvvoir, San-A ! bafouille-t-il. C'est incroyable ! In-cro-yable !!!

Il m'attrape par la manche et m'entraîne vers le coin machine à café où mes Pieds-Nickelés ont installé une télévision histoire de ne rien louper des événements majeurs de notre époque : Coupe d'Europe de foot, Tour de France, jeux Olympiques, et... « Qui veut gagner des millions ? ».

La Vieillasse me désigne l'écran d'une phalange tremblotante.

– Regarde !

Plein cadre sur Jean-Pierre Foucault qui pose sa question fétiche et fatidique :

– C'est votre dernier mot ?

Le candidat éponge d'un revers de manche son tarin taurin d'où perle une stalactite de morve. L'ardeur des projecteurs se conjugue au stress pour l'essorer jusqu'à son ultime gouttelette de sueur. Son frontal d'orignal ruisselle mieux qu'un cierge de couvent après usage.

« Chtong ! Chtong ! » martèle la musique de fond un chouye moins guillerette qu'une marche funèbre ou l'hymne de la Tchétchénie. On se croirait dans un péplum quand le gladiateur enchaîné parcourt le tunnel conduisant à l'arène.

– Je vous rappelle la situation, reprend l'animateur flairant sa proie en désarroi. Si vous répondez bien à cette question, vous franchissez le premier palier et les mille cinq cents euros vous sont d'ores et déjà acquis. Vous avez déjà utilisé deux jokers, mais il vous reste le coup de téléphone à un ami.

– Tout à fait, Thierry ! réplique étourdiment le suintant et rubicond candidat. Vous pouvriez-t-il repéter la question ?

Petite lippe retroussée témoignant de sa patience légendaire, J.-P.F. s'exécute :

– De quelle couleur était le cheval blanc de Louis XIV ? A : bleu – B : blanc – C : rouge – D : noir ?

– J'sens un piège à cons ! se lamente le postulant à la fortune, s'empognant le groin à deux mains. L'bourrin d'Henri 4, j'sais qu'il était blanc : j'ai vu la statue d'son portrait au musée Crétin. Mais çui du jules à Madame Soleil, c'est une autre paire de couil... de manches.

Compatissant, le père Foucault tente de lui remonter les bretelles du moral.

– Ne paniquez pas, regardez dans la salle : votre femme vous encourage en agitant son mouchoir.

– C'est pas son mouchoir, c'est son string. Mais il est prop' d'avant-hier matin.

– Spontanément, vous avez dit : réponse B, le cheval blanc de Louis XIV était blanc. Est-ce votre dernier mot, Alexandre-Benoît ? insiste gentiment le présentateur.

Sa Rondeur Bérurière secoue négativement la hure.

– J'en sais rien ! Ch'sais pu...

– Quel couillon ! fulmine Pinaud. Il a un million d'anciens francs à sa portée...

– C'est déjà un miracle qu'il soit arrivé à ce stade du jeu ! objecté-je.

– J'vas faire appel à un aminche ! décide le Gravos.

Une minute plus tard, mon portable sonne.

– Commissaire San-Antonio ? Jean-Pierre Foucault à l'appareil. Alexandre-Benoît a besoin de vous pour décrocher la somme de quinze cents euros, ça n'est pas rien ! Je vous le passe...

– Allô, Tonio ?...

– Au lieu de faire le guignol à la télé, beuglé-je, tu vas rappliquer tout de suite au burlingue, Gravos, on te dira où me retrouver !

– Y a un problème ? bavoche Béru, déconfituré en gros plan.

– Un léger, oui : tu viens d'être assassiné !

*
* *

Le Mastard enjambe la flaque de sang et s'accroupit devant le corps. Toute posture impliquant un ploiement de ses intestins se paie cash au niveau du calbute. Il craque une louise tchernobylesque. Les collègues reculent de trois pas et si le macchab n'a pas bronché, c'est qu'il est bien canné pour le compte. Une puanteur de type Seveso se propage à la vitesse du propane enflammé. La foule tassée derrière les cordons de plastoche blanc et rouge bat en retraite désordonnée, croyant à une attaque chimique.

– Escuze, San-A ! plaide l'Immonde. J'm'ai trop retiendu d'vant les caméras : fallait que ça sorte.

Il observe la bouille du cadavre.

– J'le r'connais, c't'un acteur : Gérald Troipardeu. Dans *le pharaon a la gaule*, y jouait Nésouzix, tu sais, le gros lard qu'est tombé dans l'beaujolais nouveau dès sa plus tendre enfance ! Et pis il a fait l'abbé Paria dans *Il pisse dans la vallée*, d'Honoré d'Zola. C't'un cador, mais qu'est-ce tu débloques : m'ressemble pas plus qu'une citrouille à un potiron ! C'est pas moi, c'type !

– Je le sais bien, que c'est pas toi, Glandu !

– Alors, pourquoi tu m'as seriné que j'avais z'été suriné ? On nabot pas y croire, ça fiche un coup.

Je lui montre un bout de papelard percé en son milieu et maculé d'hémoglobine en voie d'assèchement. Dessus on peut encore lire deux mots tracés en majuscules baveuses : ADIEU BÉRU.

– Ce message était embroché sur la lame qui a trucidé le comédien.

– Merde, alors ! Qui qui m'en veut t'au point d'en tuer r'un aut' ?

J'aide Alexandre à se relever lentement pour éviter une nouvelle conflagration en ses entrailles.

– Gérald Troipardeu avait accepté de jouer le rôle de Bérurier, ton propre personnage, dans un film adapté de mon œuvre. La semaine dernière, Jean Ballatouva, l'acteur qui devait tenir mon rôle, a disparu aux Seychelles. C'est troublant.

– J'ai lu *Voili-Voiçà.* Pour c'baveux, on cause d'une fugacerie amoureuse. S'agit d'une connincidence.

– Je déteste être coincé dans des coïncidences.

De la pointe de son soulier, Béru presse la ventripotence du défunt.

– Lui m'remplacer ? A mon avis, ça va pas le faire ! conclut-il. Il est bien raide, mais pas là où y faut.

– Il venait de signer un contrat chez son producteur, à deux pas, rue de Lille, lorsqu'on l'a planté. On a retrouvé le document sur lui, accompagné d'un chèque d'acompte plutôt rondelet, mate un peu.

– Putain ! Acteur, ça gagne quand même mieux que flic ! C'est pas juste. Eux, y prennent pas d'risques.

Je désigne la viande froide.

– Parfois si !

Je réclame l'évacuation du mortibus, la levée de bouclage du secteur et le rassemblement de tous les témoins dans l'arrière-salle du bistro Napoléon, le troquet régional de l'étape. Le principe enjoue Béru et lui fait presque oublier la perte sèche par ma non-réponse de ses mille cinq cents pions.

– Quelle idée de participer à « Qui veut

gagner des millions ? » lui demandé-je en l'escortant jusqu'à l'estaminet.

– Pour les millions !

– Tu as des besoins financiers, toi, maintenant ?

– Mais non, c't'un défi ! M'ame Largefigue, une dame du monde, sexologiste d'son étretat et cliente au salon d'coiffure où c'que ma Berthe officine, m'a parié qu'il éguesistait des biroutes encore plus grosses qu'la mienne aux Lentilles...

– Aux lentilles ?

– Tu sais bien, les z'îles des Gradoubléens et des Partiniquer !

– Ah ! Les Antilles ?

– Textuel ! J'avais b'soin d'fric pour aller vérifier sur place avec ma Gravosse afin qu'elle jugeasse en toute imparsucialité. M'enfin, n'au moment qu'j'allais gagner, tu m'as lâché comme une grosse merde...

– Comment voulais-tu que je te lâche ?

– T'as raison, admet-il, penaud. Quand un poulet passe à la téloche, c't'au journal de vingt heures, avec une matraque en pogne. Pas dans une émission d'jeux ! J'sus z'inqualifiable.

Il t'étonne pas, le Gravos, réussissant à

franchir des épreuves cuculturelles sur TF1 et pratiquant des liaisons bien-n'à propos ? Moi, si ! Il faudra que je m'informe sur cette subite mutation, mais l'heure n'est pas à la superfluance. Les questions, je les réserve à mon enquête.

Les deux, trois premiers témoins du meurtre m'en apprennent moins que ce que je sais déjà :

« La victime est un acteur très connu dont j'ai oublié le nom. »

« Ma petite nièce a un autographe de lui signé au feutre et cacheté au foutre sur la doublure de sa culotte. »

« Il arrivait de la rue Saint-Benoît, un gros cigare au bec... à ce qu'on m'a dit ! »

De toute urgence, Béru s'est fait servir une boutanche de juliénas premier choix et trinque volontiers avec les gonzes qu'il interroge, prétexte pour renouveler la consommation dans les plus brefs délais. Un petit homme voûté comme Raffarin du temps qu'il exerçait ou exercera encore vient de s'attabler devant lui. Ce gus fleure le peintre maudit à pleins tubes. Il arbore une coiffure de lévrier afghan, des bajoues de boxer et le regard fiévreux d'un cocker en érection dans un salon de thé londonien.

L'Enflure me fait signe d'approcher.

– J'crois que ce gentelmane a du sérieux à nous bonnir, San-A. J'te présente m'sieur... heu...

L'individu frictionne sa paluche contre le velours élimé de sa veste avant de me la tendre, d'où consécute un shake-hand façon électrocution statique.

– Renoir ! fait-il. Augustin Renoir. Ne me demandez pas, j'ai l'habitude : oui, je suis bien le petit-fils de Jocelyn Renoir, le célèbre portraitiste montmartrois...

– Je vous écoute.

– J'ai tout vu ! L'affluence était grande, forcément, un samedi après-midi en cette saison au quartier Latin... mais j'ai tout vu quand même. L'œil de l'artiste, sans doute, qui sait discerner dans le magma diffus de la populace le détail à croquer.

– Vous avez assisté à l'assassinat ?

– Je pourrais vous le peindre.

– Tu nous l'racontes d'abord ! requiert Béru avant de liquider un nouveau glass de beaujolpif.

– Gérald Troipardeu arrivait sur le trottoir,

juste devant le café où nous sommes. Moi, je me trouvais en face, entre le banc public et la boutique Vuitton. Je travaillais à mon chevalet. Je l'ai repéré grâce à sa haute stature et à ce sens inné qu'ont les célébrités de se pressentir les unes les autres. Il fumait un cigare, repoussant élégamment la fumée vers le ciel, un rictus carnassier aux lèvres...

– A propos d'carnassier, j'prendrais bien n'un sandouitche aux rillettes, avec du beurre en-d'sous et un chouye d'mayonnaise au-d'susse pour pas que ce soye trop sec ! tonitrue l'Insatiable à l'attention du loufiat.

– Poursuivez, monsieur Renoir.

Le barbouilleur me claque amicalement l'épaule.

– Pas de « monsieur » entre nous : appelez-moi « maître », ça suffira.

– Qu'avez-vous vu exactement, maître ?

– L'acteur était suivi par un clown...

– Un clown ?

– Un zigoto avec une perruque vert fluo ébouriffée, un nez rouge et une ample veste à carreaux orange et bleus qui se dandinait derrière lui en mimant sa démarche. C'est fréquent, ce genre d'hurluberlus. Ils amusent la galerie aux dépens des passants dans l'espoir d'être gratifiés d'une piécette par des gogos hilares qui se font piéger à leur tour.

– Que s'est-il passé après ?

– Devinant cette présence dans son dos, Troipardeu s'est retourné brusquement. Il a marqué une hésitation et s'est tassé sur lui-même. Il a accompli quelques pas en titubant avant de s'écrouler.

– Et le clown ?

– Il a poursuivi son chemin comme si de rien n'était.

– Personne ne lui a prêté attention ?

– Vous savez, aujourd'hui, plus on a l'air extravagant, moins on vous remarque. Il a traversé la rue Bonaparte en direction de la rue de l'Abbaye.

– Ensuite ?

– Ensuite, j'ai fait comme tous les badauds, je me suis précipité vers le corps qui venait de s'effondrer. J'ai perdu le clown de vue. J'ai réalisé seulement un peu plus tard qu'il était sans doute l'auteur du meurtre.

– Merci pour ce précieux témoignage.

Le rapin entrouvre un carton à dessin coincé entre ses genoux et commence à feuilleter ses gouaches.

– Ça vous plairait, commissaire, que je vous offre l'une de mes œuvres ?

– Incommensurablement, dis-je en quittant le bistro à longues enjambées.

***

Si tu m'avais demandé ton chemin en réclamant le square Laurent-Prache, je t'aurais envoyé à dache, ignorant le label de ce petit coin de verdure niché contre l'abbaye de Saint-Germain-des-Prés. Je déambule pourtant souvent dans le coinsteau, mais je n'avais jamais reluqué le nom attribué à ce jardinet. Pauvre Prache, illustre puisque mentionné sur tous les guides de Paris et tant ignoré de nos mémoires. Qu'as-tu fait, dis, Laurent Prache, de ton vivant ? Étais-tu chanoine avec voix au chapitre voisin ? Prévôt des marchands du Temple ? Poète d'un cercle disparu ? Jeune résistant victime des canardages de Barbarie ? Bicorné d'un siècle évanoui ou ministre de républiques surannées ? Belle leçon de modestie : ta biographie tient aujourd'hui en une ligne. Cette ligne que l'on biffe sur nos agendas le jour où on la grave dans le marbre. Je sais de quoi je parle.

Je pousse le portillon, contourne le buste de Guillaume Apollinaire et vais m'asseoir sur une chaise bancale. Le square est quasi désert, car les touristes préfèrent s'agglomérer aux terrasses des troquets et devant les échoppes de luxe. La cambrousse, ils connaissent, ils n'ont que trop donné dans leurs provinces agricoles. Le soleil se baguenaude, languissant, dans les frondaisons. Il ne se presse pas, le mahomet, sachant qu'à la mi-juin, comme Cendrillon, il a la permission de minuit.

Une plaque ronde à demi enfouie dans le lierre laisse apparaître le sévère visage de Laurent Prache et m'en apprend un peu plus sur le personnage : 1856-1919, avocat à la cour d'appel, député de Paris de 1890 à 1910. Un déluré a rajouté « tête de con » au feutre vert.

Sur un banc, face à moi, une étudiante en jupe légère et cheveux de paille lit *le Monde de Sophie* en version originale. J'attends de m'être assuré, à l'occasion d'un croisement de jambes, que sa culotte est blanche pour aller m'asseoir à son côté.

– Bonjour !

– Bonjour ! dit-elle avec un sourire éclatant de lèvres câlines, de dents kaolines et d'un soupçon de langue coquine.

– Il y a longtemps que vous m'attendez ? répliqué-je d'un timbre sirupeux capable de guérir, rien qu'en l'oyant, angine, laryngite et autres affections du genre.

– *What ?* questionne-t-elle si doucettement que j'entends « ouate » et que mille watts pulsent dans mes veines.

– Tu sais que toi et moi on pourrait faire un bout de chemin ensemble ? Je connais un plumard rue des Quatre-Vents qui nous irait comme un gant, Selma.

La beauté nordique tique en entendant son prénom.

– Comment sais-vous *my name is* Selma ?

Ne jamais citer ses sources, surtout quand elles coulent de même.

– C'est mon cœur qui l'a su ! murmuré-je, lui chopant le poignet pour masquer sa gourmette d'argent gravée le jour de son baptême. Pourrait-on aller prendre un pot et bavarder un peu ?

– *I don't understand,* me blatère-t-elle en angliche, car tu sais que les Nordiques répugnent à pratiquer leurs idiomes pâteux dont la sonorité générale évoque le déversement d'un reste de hachis Parmentier dans un vide-ordures.

– *Have a drink* ? traduis-je.

Elle bat des mains.

– *Good idea ! Ingmar will be happy, is'nt ?*

Une ombre plane sur mes endosses. Je me retourne. Un chauve à barbe rousse et œil glacial, caréné comme le fuselage de l' Airbus A 380, me fait péter une gueule baguée d'acier.

– Tu dragues ma gonzesse ? demande-t-il avec un accent de Viking pour publicité de bière au nom imprononçable.

Moi, habitué à toiser mes contemporains, je me retrouve à la hauteur de l'échancrure de sa chemise et de son sternum parsemé d'un duvet de poussin frais éclos.

– J'avais juste quelques questions à lui poser ! rectifié-je.

– T'avais pas l'idée d'une partouze, des fois ?

Dommage, elle adore se caresser pendant que je m'occupe d'un beau mec.

Je sors lâchement ma carte de bourdille.

– Une autre fois, peut-être... Là, je suis en service.

– Ah ! La police... On dit qu'elle est encore plus con en France que chez nous.

– Depuis combien de temps êtes-vous ici ? relancé-je avec assurance.

– Au moins trois heures. On a mangé un hamburger, on a fait la sieste et je viens d'aller pisser un coup.

– Alors, vous avez peut-être remarqué un clown en train de longer le square ?

– Clown ? s'exclame Selma. *Ja*...

Elle débite une litanie de mots baltes que je t'interprète au hasard, Balthazar : oui, elle a vu passer un gugusse de cirque. Amusée, elle l'a même suivi un instant hors de l'enclos. Il est entré dans l'église par la petite porte de service, sur la rue de l'Abbaye. Ce qui l'a surprise, c'est que le clown possédait la clé de cette discrète entrée. Elle ne l'a pas vu ressortir, du moins par le même chemin.

Pour conclure sa déposition, Selma me frôle le genou en remontant doucement.

– Ma femme voudrait savoir si une petite pipe vous tenterait, monsieur le policier ?

L'Ingmar me laisse rentrevoir l'harmonica de ses ratiches.

– Je précise que c'est moi qui pratique, ricane-t-il.

***

Mon sésame tarde à venir à bout de la serrure. Explication : la clé est engagée à l'intérieur. Je m'applique en prenant d'infinies précautions. Ce mécanisme datant d'avant Louis XVI mérite respect et on ne le force pas comme un verrou de petite vertu.

Un cric de mon croc et le crack du fric-frac a l'affaire dans le froc. La porte, ornée d'un bas-relief représentant sainte Blanquette de Vaud donnant un lavement à Mel Gibson, s'entrebâille enfin. Je referme prestement derrière moi et me retrouve dans une pièce sombre que ma rétine, s'accoutumant à l'obscurité, me révèle être, sapristi, une sacristie.

D'emblée une odeur de cramé me titille les papilles nasales. Le fumet boucané provient du vestiaire sacerdotal, sorte de penderie à panneaux coulissants en contre-plaqué massif.

Au mileu des aubes, chasubles et étoles, je déniche une veste de clown à carreaux orange et bleu. C'est elle qui pue le cochon grillé. Je la palpe et la farfouille. Dans la vaste poche ventrale de marsupiale en gésine, je dégote la perruque verte, le nez rouge et un cigare partiellement émietté. Le tissu est largement troué sur la face intérieure, preuve que le cigare s'y est consumé avant qu'on se décide à l'écraser. Je recueille délicatement le havane. La bague est encore lisible. Y est écrit en lettres dorées sur fond rouge : Puma de Mapu.

Tu paries que c'est le barreau de chaise de Gérald Troipardeu ? L'auguste Renoir et d'autres témoins ont affirmé que l'acteur fumait un big bazar quand on l'a épinglé. Je reconstitue la séquence : notre clown colle aux basques du comédien. Au moment où celui-ci se retourne, il lui fiche son pic à glace dans le guignolo. De la secousse, l'autre crache son mégot qui, par un hasard comique, choit dans l'ample poche du clown, lequel s'éloigne sans s'être rendu compte de l'incident. C'est en ressentant la morsure du roussi sur son bide qu'il a conjuré l'incendie.

Je remets les frusques en place. Hormis la sortie rue de l'Abbaye, la sacristie ne donne que sur la nef de l'église. Je pige la manœuvre de l'assassin. Habillé comme M. Tout-le-Monde, il entre par le porche donnant sur la place Saint-Germain-des-Prés. Il pénètre dans la coulisse sacerdotale, pique la clé et ressort. Il se travestit en clown, commet son crime, se réfugie en la sacristie, referme la porte, laisse la clé à l'intérieur, abandonne son déguisement et s'en retourne par la travée centrale.

J'emprunte ce même itinéraire et me retrouve, sans éveiller de soupçons, parmi les visiteurs nonchalants de l'édifice religieux. Seule une vieille femme au chignon prisonnier d'une résille noire semble avoir remarqué mon intrusion. Agenouillée dans un confessionnal, elle m'adresse une invite d'une main discrète. J'obéis à la sollicitation et m'avance vers elle. D'un geste impérieux, elle me désigne le local du confesseur. Un rien ébahi, je m'installe sur le banc et referme la porte de la guérite.

– Ouvrez le volet ! me commande la bigote.

Je tire une targette, abaisse la trappe et me retrouve face à ma pénitente, séparé d'elle par un croisillon de bois.

– Vous vouliez me parler ?

– Non, monsieur, vous sermonner. C'est le calice, le ciboire, ou quelque gravure précieuse que vous venez piller, vous aussi ?

– Mais pas du tout...

– Et vous mentez, en plus ! Quel diable peut pousser un bel homme comme vous, dans la force de l'âge, à venir détrousser notre bonne mère l'Église ? Le démon de la drogue, sans doute ? C'est lui qui anime les générations d'aujourd'hui, lui qui les détourne de notre foi chrétienne.

– Vous faites erreur, je...

– Je fais erreur ? Détrompez-vous ! Un jour très proche, on déroulera des tapis dans cette église, on la décorera de chandeliers à sept branches, et vous devrez ôter vos chaussures ou porter la kippa pour y entrer, car les musulmans et les juifs, eux, savent rester fidèles aux préceptes des Saintes Écritures !

– Là n'est pas le probl...

– Taisez-vous et repentez-vous, mon garçon. Moi, ma maigre pension, je la consacre aux autres : des graines aux pigeons de l'esplanade, du pain et des boîtes de conserve pour les miséreux du coin... Tenez, il y a un vieux tellement dans la mouise qu'il est obligé de montrer ses hémorroïdes pour récolter quelque obole. Parfois, je le ramène à la maison et lui lave ses pieds pleins de crasse et de croûtes. Il m'est même arrivé de le masturber, car le malheureux a trop d'ampoules et de crevasses aux mains pour accomplir tout seul cette basse mais indispensable besogne. Moi, monsieur, je me prive pour ces gens en détresse. Si vous saviez comment je vis et de quoi je me contente...

– La compassion est une forme raffinée d'égoïsme ! la coupé-je brusquement.

– Comment cela ?

– Vous faites le bien parce que ça vous satisfait. C'est donc votre propre plaisir que vous recherchez en vous dévouant aux autres.

La duègne reste bec ouvert.

– Ça alors, bredouille-t-elle, vous avez de drôles de raisonnements, pour un bandit.

– Peut-être parce que je suis flic ! dis-je en plaquant ma brème contre le claustra. J'ai cru comprendre que vous aviez vu un autre type sortir de la sacristie...

– En effet, admet la vioque, vaincue par mon titre et mon sang-froid. Il y a environ deux heures. J'attendais l'abbé Dha Long, un prêtre vietnamien, mais très catholique quand même ; je l'attends toujours, d'ailleurs. Le retard est un sport, chez lui.

– Comment était-il, ce type ?

– Jaune.

– Non, je parle de votre pilleur de sacristie.

– Jeune.

– C'est tout ?

– Je l'ai peu vu, il portait un survêtement avec une capuche rabattue sur la tête. Comme à vous je lui ai fait signe d'approcher afin de le tancer, mais il a pressé le pas.

– Il a quitté l'église par l'entrée principale ?

– Oui. Mais avant, c'est curieux, il a déposé un petit billet dans le tronc, comme pour se faire pardonner...

– Un billet ? m'étonné-je.

– Ou un morceau de papier.

Tu me connais, je suis déjà devant la boîte à offrandes consacrée à sainte Glicémie l'Amputée.

La punaise trottine derrière moi.

– Vous voulez la clé ? Je sais où le diacre la cache...

– Inutile.

– Il y en a aussi qui se servent d'une baleine de corset enduite de glu...

Intervention hyperfastoche de mon sésame. Un jackpot de pièces d'un centime d'euro et de cinq lires anciennes mêlées à des boulons et à des boutons de culotte se déverse à mes pieds. Parmi les rares biftons, je repère un bout de papelard plié en quatre.

Sur la missive on peut lire quelques abréviations tracées en majuscules baveuses :

RDV 5 H – PL ST SULP – 30 000 E

Étant donné qu'il est présentement sept plombes du soir au beffroi de ma tocante, les cinq heures fixées pour le rendez-vous ne peuvent concerner que les prochaines matines. Le PL ST SULP pourrait indiquer la place Saint-Sulpice, vu le contexte religieux et le quartier. Quant aux trente mille euros, pas besoin de sortir de Polytechnique pour entraver qu'il s'agit de trente mille euros de gages pour le meurtre de Gérald Troipardeu.

Je remets tout en place et reboucle le tronc. A la chaisière, je confie la mission de ne plus quitter des yeux le réceptacle à dons jusqu'à l'arrivée de mon adjoint.

– Comment le reconnaîtrai-je ?

– A son odeur de sainteté.

Chapitre deuxième

Dans lequel je rencontre
la femme de ma vie de la semaine
et au cours duquel un assassin
me semble trop vite châtié

Je quitte l'abbaye par la grand-porte. Un mangaveur ayant visiblement gagé son râtelier au clou en appelle à ma charité. Je me détrousse et, ne débusquant qu'un format de cinquante euros, le lui remets. Incrédule, il observe la coupure comme un changeur de Pigalle vétilleux sur les talbins. Convaincu de la largesse de mon aumône, l'édenté me baise la main.

– Tu es encore plus intelligent que j'croyais, me remercie-t-il du fond du foie.

Je l'interroge sur le faux clown, mais tout ce qu'on pourrait extraire de cette épave, c'est un demi-litre de bile délayée dans la vinasse.

En face de l'arrêt du bus 95, pile devant chez le maroquinier LV, fournisseur privatif de cent millions de Japonais, un attroupement s'est constitué.

Je me faufile parmi les curieux, redoutant un nouvel assassinat. Détrompe-toi ! Assis sur un pliant, torse nu et beurré comme un mille-feuille, le gars Béru pose pour Augustin Renoir, lequel s'active devant son chevalet. Je jette un œil à sa toile sur laquelle mon acolyte prend forme et vie. Les pleins et les surpleins de son poitrail sont plus vrais que nature. Ses pilosités plantées en touffes rebelles évoquent un ventre de guenon et les méandres de ses cicatrices apparaissent sous l'habile pinceau de l'artiste. La trogne est esquissée, mais on devine déjà son cou de goret, les mèches graisseuses sur son dôme, la couperose de ses pommettes, les boursouflures de son tarbouif et la poisseuse vacuité de son regard.

Je ne puis retenir un cri de rogne.

– Tu poses pour les Diane au bain, maintenant, Béru ?

– Dérange pas l'artiss' ! L'est en train d'composter un trique-pine en deux tableaux...

– Un diptyque ! rectifie le roi du pinceau.

– Ezact ! La moitié nord, celle qu'tu voyes présentement, s'ra offerte à ma Berthe, pour mett' au-dessus d'notre lit conjugable. Et pis quand on aura dispersé la marmaille, on va attaquer la partie sud, la plus z'harde, destinée à m'ame Largefigue, grande collecsuceuse d'gravures galantines.

– Et ton enquête ? rouscaillé-je.

– Elle cuit son sourd ! Heu... elle suit son cours. Tiens ! Ça va t'en boucher r'un coin d'rue : au moment qu'il est canné, Troipardeu pompait t'un cigare. On l'a pas r'trouvé, l'clope, mais j'sais déjà la marque qu'il fumait t'ordinairement, c'étaient des...

– Puma de Mapu ! lui coupé-je l'herbe sous l'info.

– Comment tu l'as apprisses ?

– Sur le terrain.

– Un aut' détail, insiste le Goulu : par l'intérimaire d'Pinuche, j'ai r'tracé les derniers coups d'turlu d'son portable. En sortant d'chez son produc', Gérald Troipardeu a téléphoné en Ritalie pour commander des jambons d'Parme, du vieux parmesan et des truffes blanches pour ses restaurants – tu sais qu'il donne dans la limonade, en pluss ? N'ensute, il a appelé la boutique Cartier, juste là en face, à langue d'la rue. Il avait rendez-vous a'ec Elisabeth, sa vendeuse attriturée. Paraît qu'il claquait tout son oseille dès-sitôt qu'il l' palpait !

» Bon, maintenant, r'connais que j'ai largement dépassé mes z'heures d'fonctionnaire, surtout qu'j'étais d'congestionné au jour d'aujourd'hui, n'oublille pas. Si j'comptabiliserais mes R.T.T. pas pris, mes vacances qu'ont sauté, les z'heures sup' et voyages à l'aut' bout d'la planètre qu'tu m'as infligiationné, j'eusse dusse êt' à la retraite dix piges avant ma naissance. Alors t'admettras que j'putasse viv' ma vie et poser enfin pour la postérité d'ma décadence, non ?

» Vas-y, la Barbouille, montre ma tronche au peuple, elle en vaut la peine ! Et ressers-moi un gorgeon d'picrate, c'est moi qui régale...

– Fini la dolce vita, Gravos, tu te rhabilles et tu me suis.

– M'alors, le chef-d'œuvre est t'en péril ?

– Ne vous inquiétez pas, monsieur Bérurier, le console le peintre. Je sais travailler d'après photo.

Augustin Renoir sort un appareil numérique

de ses braies et immortalise Sa Protubérance dans la gélatine, juste retour des éléments.

J'entraîne mon Alexandre à l'écart et lui ordonne d'aller planquer discrètement en l'église devant le tronc de sainte Glicémie l'Amputée et d'intercepter toute personne qui tenterait de l'ouvrir. Ordre de m'informer aussitôt sur mon portable.

En attendant, moi, je n'ai que la place du Québec à traverser. Moins large que le Saint-Laurent.

La ravissante Zaboune de chez Cartier confirme l'appel de Troipardeu. Il voulait acquérir la parure Délices de Goa pour sa récente conquête, Coralie Boukané, la star créole montante du cinéma français.

De fait, l'acteur n'est pas venu honorer cette commande, ayant été perforé ci-avant.

Un second pôle d'attraction s'est créé à deux toises de la sortie du métro. Juché sur un tabouret, un mime parfaitement grimé en Charlot a pris une pose statique. Il semble figé comme un moulage de cire, les pieds légèrement écartés, les bras tendus vers le public, arborant la mine déconfite du personnage voyant s'éloigner sa dulcinée sur une route sans fin avec le mot fin.

Difficile de résister à la concurrence du Gravos qui, sur le parvis de l'église, braille à tue-tête une élégante chanson que lui apprenait son grand-père de Saint-Locdu-le-Vieux quand il avait overdosé les huit litres de cidre quotidiens autorisés par son toubib qui en picolait le double. Je ne te concède que les versets les moins sataniques de cette scie :

Ah, comme c'est bon de chier dans l'eau,
On voit sa merde qui nage !
Si j'avais su que ça soit si beau
J'en aurais chié davantaaaaage !

Dans la foulée, l'Ignoble attaque un autre joyau du répertoire familial, tout aussi romantique :

Les lunettes à con
Les lunettes à cul
Les lunettes à conserver la vue
C'est pour les vieux cons

C'est pour les vieux culs
C'est pour les vieux qu'ont
Perdu la vue...
Trou du cul
De quoi te plains-tu
N'es-tu pas bien au milieu de mes fesses
Trou du cul
De quoi te plains-tu
N'es-tu pas bien au milieu de mon cul ?

Comprends-tu que je rappelle mon indigne collabourrateur à son devoir d'un coup de pompe dans le train ?

Puis je m'intéresse à Mister Chaplin. Me dis pas qu'un mime puisse ignorer un clown sévissant dans le même périmètre.

Imperméable à l'humour bérurien, une tripotée d'intripotables femelles angliches, escortées de grands couillons assortis, est massée devant Charlot. Chacun tente d'imiter sa placidité en s'immobilisant et en retenant son souffle. Ceux qui craquent balancent un rotin dans le second galurin disposé au pied de l'intermittent de l'immobilisme avant de se casser.

Je vais délibérément me planter sous la redingote de l'artiste du muet :

– Je pourrais vous dire un mot ?

Plus imperturbable que ce zigue, tu as le garde à bonnet poilu de Buckingham Palace dont on peut, paraît-il, trifoullier les narines avec une plume d'édredon ou chatouiller les roustons à la lampe à souder sans obtenir la moindre réaction (ni érection).

Je braque mon regard droit dans le sien qui demeure d'une fixité dérangeante.

– Ho, Charlie ! Papa Tango voudrait te causer...

L'index du mime se contracte sans que le reste de son corps bougeasse (usage du subjonctif selon saint Béru de la Biture qui vient d'entonner *les Matelassiers* en pénétrant dans l'abbaye, merci pour la discrétion).

Les crochets du doigt se faisant plus pressants, je m'approche de Charlot jusqu'à ce que nos profils se retrouvent nez à nez. Voilà tout de go qu'il m'agrippe par le cou, applique ses lèvres contre les miennes et me roule une pelle à m'en désengorger sinus et cosinus.

L'assistance se fend la poire à mes frais et la

monnaie pleut dans la sébile. Lorsque Charlot me laisse enfin reprendre haleine, je me sens lessivé du pariétal jusqu'au coccyx. Il saute à bas de son tabouret, ôte son chapeau melon duquel s'évade une magnifique crinière blond de blé, puis éclate de rire.

– Je vous ai bien eu, hein ? De mon nom de scène, je m'appelle Charlotte, forcément.

Je croise enfin ses yeux. Ils sont plus bleus que la terre vue du ciel, même qu'Arthus-Bertrand pourrait lui réclamer des droits d'auteur. Sous le fard blanc étoilé de rimmel, je devine qu'elle est belle à en crever. Et tu sais l'à quel point je suis prêt à mourir pour les bonnes causes.

***

A la terrasse du Flore, on fait grosse impression, Charlotte et moi. Le garçon, genre saucisse de Francfort habillée de deuil, répugne à servir une fille accoutrée comme dans *la Ruée vers l'or* dont il observe les pitreries à longueur de journée sur le trottoir d'en face. C'est surtout la place occupée par le tabouret de cireur de godasses qui l'agace, lequel tient lieu de podium, de loge et de salle de maquillage à la belle. Je commande une bouteille de champagne de haute roture, ce qui amadoue le larbin.

Les gens me regardent de travers, y'en a même qui rient derrière moi. Face à l'église, je n'en ai ? Cure ! T'as encore deviné. Fortiche, le lecteur.

On sirote notre blanc de blancs. Charlotte me raconte sa vie pendant que je me noie dans ses châsses tant si tellement troublants.

J'ai hâte de la déballer de son frac et de l'alléger de ses fards, crois-en mon saint-médard qui palpite dard-dard.

Pour te la faire brève, Charlotte Mouleboeuf est née de mère inconnue et de père alcoolique. Son dabe sévit encore dans les théâtres de proche banlieue et assure les rondeurs teigneuses dans des films de catégorie B d'où il disparaît dès la première bobine. Souviens-toi : Jo Mouleboeuf, tu l'as encore vu en déménageur vicelard la semaine dernière à la téloche dans un « Instit ». C'était l'histoire d'un gamin du Massif central dont la mère se droguait à l'essence de fourme d'Ambert, faute de pouvoir s'offrir de la beuze de *first quality*. A la fin, le dévoué Gérard Klein avait empêché le môme de se jeter dans le puits et ramené la pauvre mère sur les sentiers vertueux du diabolo grenadine, non sans lui avoir roulé une inutile galoche, vu que la semaine prochaine il sera muté dans le Finistère bigouden. Jo Mouleboeuf, c'était le gros méchant qui venait saisir les meubles sur ordre d'un huissier véreux, mais s'intéressait surtout aux petites culottes déjà portées par la maman dans la débine. Ah, ça te revient quand même !

Quand on achève le mousseux, je sais tout de Charlotte, sauf l'essentiel : les dernières minutes de son existence. C'est lancinant, parfois, un interrogatoire. Ça demande des tours et des contours. On ne se livre bien qu'à quelqu'un de confiance, et la confiance est une denrée qui se cultive avec patience et minutie, comme le riz.

– Tu venais de t'installer quand je me suis approché de toi ?

– Moins de cinq minutes. J'étais à la bourre. D'habitude, le samedi, j'arrive plus tôt. Mais, hier soir, j'avais un spectacle chez des privés, des fans de Chaplin. Ils possèdent tous ses films, ses affiches, ses musiques, les articles le concernant, son œuvre complète, quoi. On s'est couchés tard. Alors, cet après-midi, j'ai fait la sieste et je me suis oubliée. Je n'ai eu que le temps d'attraper mon métro.

– Où habites-tu ?

– Chez mon père, une petite maison avec jardinet cité des Fleurs, héritée de ma grand-mère.

– Ça doit être sympa.

– Surtout quand mon vieux n'est pas là.

– Tu sais qu'un crime a été commis sur le trottoir de la rue Apollinaire ?

– Première nouvelle. Un règlement de compte entre junkies ?

– Entre artistes, plutôt.

– Sans déconner ?

– Un clown qui a poignardé une vedette...

Les lucioles de *Voici* et de *Gala* s'allument en sa gamberge.

– Qui ça ?

– Gérald Troipardeu.

– Ouaou ! Ça va faire la une de tous les canards. Dommage que je n'aie pas été là pour poser.

– Tu le connaissais ?

– De réputation. Mon père a joué avec, un

minirôle, bien sûr. Paraît que c'était un drôle de coco.

– Et son assassin : un auguste, perruque verte et veste à carreaux ? Il suivait les passants dans la rue en singeant leur dégaine...

– J'en connais quelques-uns. Ils apparaissent deux ou trois jours, puis changent de quartier. Ça rapporte pas lourd, nos petits jobs. En général, ils se rabattent sur le Forum des Halles, le Centre Pompidou, parfois les Champs-Élysées ou l'esplanade de la Défense.

– Des carreaux orange et bleus, précisé-je.

Charlotte caresse son minois tartiné de blanc.

– Ça me dit quelque chose... Un Finlandais qui crèche à deux pas, rue de Seine, je crois. On le voyait le mois dernier, mais il a été chassé par les Roumains pour une histoire de dope. Je crois qu'il s'appelait Ilmäa.

Charlotte applique de nouveau sa bouche contre la mienne. Cette fois, sachant qu'il s'agit d'une gonzesse pur jus, je laisse courir ma menteuse sur son erre. Diable que son baiser est rafraîchissant !

– On va chez moi ? propose-t-elle.

– On va d'abord chez ton Finnois.

– Je ne sais pas exactement où il loge.
– La rue de Seine, c'est pas la mer à boire.

***

La gardienne du 21 est accoudée au zinc, un Martini parkinsonien entre les doigts. Son naze ressemble au greffon d'une gariguette qui aurait pris sur une morille. Sa bouche tombante mordrait si quelque chicot l'habitait encore. Ses tifs clairsemés mais hirsutes rappellent un balai de chiottes surmené. La personne est râblée, mafflue, gorgée de rancœurs plus ou moins justifiées.

– M'sieur Nikkelkuu ? Sûr qu'il habite l'immeuble ! Mais pas pour longtemps, vu qu'il paye son loyer chaque fois qui me tombe une dent. Le proprio va pas tarder à l'expulser.

– En attendant, il loge toujours au-dessus de ce bistro ?

– S'il a pas déménagé à la cloche de bois, ouais, au troisième. C'est à quel sujet ?

– Police.

– Pas besoin de préciser, gamin, la volaille, je la renifle même sans la sauce.

– Vous pourriez me confier le code d'accès ?

– C't'un secret pour personne : le numéro, c'est le 6 - 4 - 12, en mémoire d'un tiercé mémorable.

Elle apostrophe le taulier, un grand Black placide occupé à classer ses coupures par paquets de dix.

– Tu te rappelles, Ernest, combien j'avais engrangé ? Cent briques, au moins ?

– A chaque fois qu'tu racontes, tu mulpliplies par dix, Léocadie, réplique le mastroquet d'un ton blasé.

– En tout cas, j'avais affuré gros ! V'vous rendez compte ? Le prix du Président de la République... dans l'ordre. Je parle du temps d'Monsieur Mitterrand, hein, pas des présidents qui enfilent les quinquinas juste pour éviter d'aller en cabane. 6 - 4 - 12, tu vas retenir, p'tit gars ?

Un bout de carton effiloché est punaisé de guingois sur la porte de l'appartement. On peut y lire deux mots tracés en majuscules baveuses : ILMÄA NIKKELKUU.

– C'est bien lui ! souffle Charlotte. Vous allez voir, il est un tantinet zarbi.

La mimette minette a tenu à m'accompagner. Elle s'est démaquillée et changée dans ma bagnole avec la prestesse d'une Fregoli. A peine si j'ai entrevu un galbe de nibard prometteur et le haut de ses cuisses dorées sur tranche. La voilà fille à tout va, croquante et craquante dans une petite robe plus légère qu'une bulle de libellule à Tulle.

A l'instant où je dégaine mon sésame (il arbeite copieux par les temps qui courent), une senteur de vieil œuf dur mêlée à une louffe de Béru par jour maigre m'interpelle les naseaux : le gaz !

Pas le temps d'alerter Charlotte : icelle a déjà pressé la sonnette. Le badaboum qui s'ensuit déchiquette nos tympans, éventre la lourde et permet au voisin du dessus d'obtenir une vue plongeante sur le palier. Il encadre sa pauvre bouille dans l'anfractuosité occasionnée par la déflagration.

– C'est Ben Laden ? me demande-t-il, hébété.

L'appartement est dévas... ? Té ! Génial, t'as du vocabulaire. De-ci, de-là, cahin-caha, quelques foyers d'incendie sont en train de naître. Je les maîtrise de mon mieux à coups de talon, de seaux d'eau ou en les étouffant à l'aide de couvertures. Charlotte a dévalé l'escadrin pour prévenir la fratrie du troquet d'en bas et lancer l'alerte.

C'est dans la cuistance que je trouve le Finlandais. Il a la tête posée sur un oreiller à l'intérieur du four à gaz ouvert plein pot. C'est un petit bougre malingre et blondinet, à qui aucun assureur n'aurait racheté sa santé pour le franc symbolique avant même ce fâcheux incident. En fait, si on coupe le gaz aux pauvres, c'est pour pas qu'ils se suicident.

Je ferme tous les robinets, ouvre la fenêtre et me penche sur le suicidé. Il saigne du visage. Il n'était donc pas encore mort à l'instant de l'explosion. Je place un cul de casserole contre sa bouche, lequel s'embue légèrement, preuve qu'un souffle de vie maraude encore en sa poitrine.

J'ai repéré une pharmacie à trois foulées. En attendant l'arrivée des secours, je pense qu'une injection d'adrénaline et un masque à oxygène lui seraient indispensables.

Je croise Charlotte, de retour dans le hall.

– Il n'est pas mort ! lancé-je.

– On a appelé le 15, les pompiers seront là dans dix minutes ! suffoque-t-elle. Le S.A.M.U. s'amène aussi.

– Masse-lui le cœur et pratique-lui le bouche-à-bouche, si tu sais faire, je reviens au plus vite.

Un apothicaire apoplectique vêtu de noir est avachi derrière son poste de vente laqué blanc. On dirait une orque échouée sur la banquise. Le temps qu'il ait pigé l'urgence de ma requête, j'ai déjà enjambé le comptoir et fouille dans ses tiroirs à roulettes.

Comme il me menace d'appeler la police, je lui démontre mon appartenance à ce corps d'élytre (*Béru dixit*).

– La police n'a pas tous les droits, quand même ! proteste-t-il.

Lorsque je reviens chez Ilmäa Nikkelkuu, je retrouve Charlotte en pleurs. Malgré ses tentatives, le peu finaud Finnois vient de lui filer entre les doigts. Cette fois, le cul de la casserole ne répond plus.

Au loin, deux sirènes se donnent la réplique. Une oreille musicale distinguera la beuglante des pompelards du ululement des urgences.

Je trouve bizarroïde que le tueur se soit suicidé sans même se rendre au rendez-vous qu'il avait lui-même fixé à cinq heures du morning place Saint-Sulpice pour y palper le prix de son forfait. Il est rare que les assassins, même occasionnels, soient pris de remords avant d'avoir encaissé la monnaie.

Rapidos, je passe en revue les ruines de l'appartement.

Dans le tiroir de la cuisine, je découvre deux pics à glace semblables à l'arme du crime. Ce cher Ilmäa avait-il d'autres contrats à exécuter ? Raison de moins pour se supprimer. Tant qu'on a des projets...

A l'intérieur de sa penderie, je décroche trois tenues de clown semblables à celle qu'il portait il y a quelques heures pour trucider Gérald Troipardeu.

Une idée me vient alors. Je retourne au macchabée et écarte sa chemise. Je suis surpris de ne découvrir aucune trace de brûlure, aussi infime soit-elle, au niveau de l'abdomen.

C'est peut-être un détail pour vous.

Mais pour moi ça veut dire beaucoup...

Chapitre troisième

Dans lequel un nouveau meurtre est commis tandis que Bérurier me fausse compagnie

La piaule de Charlotte donne sur un jardinet large comme une concession à perpétuité. Un figuier est parvenu à s'y enraciner suffisamment pour que ses feuilles viennent chatouiller la chambre et dispenser leur fragrance de pissat de chat non coupé par les fentes des volets.

Une figurine de Charlot moulinant sa canne, une réplique en plâtre des petits pains piqués de deux fourchettes, quelques affiches et articles prouvant que l'immortel comique est définitivement en deuil de lui-même, décorent la turne en soupente.

Je te passe les poupées de foire, les peluches à trois balles, la photo jaunie d'une dame jeune qui dut être sa grand-mère. Ajoute une pile de D.V.D. qui, outre les Charlie Chaplin recyclés, propose *Pédale douce*, *Harry, un ami qui vous veut du bien* et *La presse est unanime*, la pièce de Laurent Ruquier, signe que la demoiselle n'a pas que des goûts de bégueule.

Par sa mièvrerie, l'endroit devrait m'inciter à la retraite, la déroute, voire la débandade. D'autant que la gamine entend se contenter d'un flirt de collégiens. La mort de son collègue clown l'a chancetiquée. Ç'avait beau être un assassin, elle l'avait connu joyeux, brindezingue, si vivant.

Moi, expérience aidant, je pencherais plutôt pour un débarquement inopiné des Anglais qui a fait tourner sa mayonnaise. Alors je me laisse cocooner, servir un verre de rosé fruité à souhait et bricoler une aimable turlute compensatoire. Tu veux que je te dise ? Je me sens mieux que bien. Cette fille me botte vraiment. Je le devine à la manière dont mon corps réagit au sien. Nous sommes allongés dans la pénombre et, sans l'obsédante pissenteur du figuier, je crois que je m'endormirais entre ses bras, mon ventre plaqué contre le satin blanc de sa chemise de nuit.

D'ailleurs, je me suis endormi, puisque je m'éveille en soubresaut.

Charlotte n'est plus à mes côtés. Des exclamations montent du rez-de-chaussée.

– Espèce de catin ! grasseye une voix avinée.

– Puisque je te dis que je suis toute seule !

– Alors, pourquoi t'avais laissé la clé dans la serrure ?

– Je croyais que tu ne devais pas rentrer !

– Mon tournage s'est annulé ! Ces cons-là espéraient la flotte ! Au mois de juin ! Le régisseur n'avait même pas prévu une pluie artificielle. Du coup la séquence est supprimée !

– Ça te fait quand même un cacheton de nuit, papa, dit tendrement Charlotte.

– N'empêche qu'on me verra pas à l'écran. Laisse-moi un peu visiter ta chambre !

– Je te l'interdis.

– Et de quel droit ?

– Parce que c'est *ma* chambre ! J'ai vingt ans et ma vie privée ne regarde que moi.

– Je te préviens : si je trouve un mec dans ton paddock, ça va chier pour son matricule ! Et toi, tu pourras faire ta valise.

– Je t'en prie !

– Ne te mets pas en travers de mon chemin, Pupuce !

– Ne m'appelle plus Pupuce ! Je suis Charlotte, une fois pour toutes.

Un coup de sonnette vient à propos faire diversion à l'algarade.

Le père et la fille se précipitent, ouvrent la lourde et se retrouvent... face à ma pomme, dit mégnace, alias San-Antonio *for ever*, celui qui remplace la tarte aux myrtilles et le fil à couper la béchamel.

La gosseline n'en croit pas ses mirettes de me retrouver dans le jardinet, habillé de pied en queue et mieux repeigné qu'une girafe. Elle pourra remercier son figuier au bouquet de vespasienne qui m'a permis cette mirobolante cascade.

– C't'à quel sujet ? ronchonne le type avec l'amabilité du ptérodactyle auquel tu arraches les écailles une à une pour agrémenter ta nouvelle paire de lunettes.

– Excusez-moi, monsieur, je flânais nuitamment dans la cité des Fleurs et je vous ai vu rentrer dans cette maison. Vous êtes bien Jo Moulebœuf ?

– Lui-même.

– Voilà, je... souhaiterais un autographe de vous, balbutié-je, lui tendant mon inséparable calepin noir flanqué de son petit crayon à mine de graphite.

– Tu me connais ? s'époumone le poussah en s'affalant sur son sofa.

– Cette bonne blague ! Vous êtes la dernière pointure depuis Gabin et Ventura. Je connais tous vos films par cœur.

Tandis que la cabot calligraphie son blaze sur mon carnet, la divine Charlotte m'expédie un bisou de reconnaissance dans son dos.

Je me confonds en salamalecs avant de me retirer. Au-delà de la lourde, j'entends la môme lancer hypocritement à son paternel :

– Tu sais, papa, tu peux aller voir dans ma chambre, il n'y a personne. Je te faisais enrager.

– Mais non, Pupuce, j'ai confiance. N'empêche que c'est un mec dans ce genre-là qu'il te faudrait. Même s'il est peut-être un peu âgé pour toi.

« Vieux con ! » songé-je en m'en retournant dans la venelle.

–

*
* *

Il est quatre plombes du mat et des broquilles lorsque je gare ma Porsche Cayenne à Saint-Germain-des-Prés. Je suis surpris que le gars Béru ne se soit pas manifesté. En général, même cassé à bloc, il assume ses missions vaille que vaille. Une brindille d'inquiétude me picote le ciboulot. Je veux consulter une nouvelle fois mon portable et m'aperçois que dans ma précipitance je l'ai oublié chez Charlotte.

Y a vraiment des jours sans.

La porte principale de l'église étant logiquement bouclée, je me rabats sur l'entrée des artistes déjà crochetée par mes soins en fin d'après-midi. Rebelote ! Plus aisée cette fois, l'effraction, vu que la clé n'est plus à l'intérieur. Ce petit doigt que tu connais et apprécie, ma belle, me chuchote que quelqu'un a dû s'en réemparer.

Je tâtonne dans la sacristie à la recherche d'un mahous chandelier repéré lors de ma première visite. J'allume le cierge avec la petite boîte garnie d'allumettes qui me servent à bouter les pépins hors de mes ratiches quand j'ai briffé des figues, à organiser un jeu de patience pour un mouflet, à jalonner mon chemin façon gros Poucet, à m'éclairer dans une grotte préhistorique, à combustionner les louffes persistantes du Gravos, à exécuter un tas de bricolages que tu n'as pas à connaître, et le cas échéant à enflammer la cibiche d'une pin-up, son fouinozof et même son palpitant si affinités.

Je m'engage ainsi dans la nef à la lueur dansante du candélabre. Je remarque illico que le tronc de sainte Glicémie l'Amputée a été éventré et pillé. Ce qui ne lèche pas que de ? M'inquéquetter ! En effet.

Entre deux travées, je finis par découvrir ma chaisière rance, la tempe explosée à l'aide d'une statuette de bronze représentant saint Gengoul le Magnifique, la corde au cou. Maculé de sang, l'objet a été abandonné au pied de la victime. L'agression ne remonte pas à perpète, car les doigts de la vioque sont encore agités des dernières crispations de la vie, lesquelles s'apparentent fort aux premiers spasmes de la mort.

C'est dans le confessionnal que je retrouve

Béru, avachi comme un prélat, une bonbonne de vin de messe vide à ses pieds, une somptueuse aubergine frontale en guise de mitre. Je le secoue pour m'assurer de sa bien-vivance. Aussitôt il se met à chanter un cantique de son élection :

Père Dupanloup
Dans son cercueil
Bandait encore comme un chevreuil
Avec sa pine en arc de cercle
Il essayait d'soulever le couvercle...

Sa langue clappe, ses yeux cillent. Il me distingue enfin et me balance un angélique miasme en guise de signe de ralliement.

– R.A.S., Tonio. Personne n'est t'entré, nobaudet is sorti.

Tu me verrais lui rincer la gueule dans les fonts baptismaux, histoire de lui remettre les idées en place.

– Espèce de grosse loche suravinée !

– J'admets, dit-il, repentant.

– Tas de bouse fétide !

– J'admets !

– Plus merdeux que ton cervelet, même ton slip n'y parvient pas !

– J'admets.

– Si un jour l'incompétence devient un art majeur, tu seras Prix de Rome mais jamais de remords !

– Je comprends pas, mais j'admets.

– Même George Bush est peut-être moins demeuré que toi !

– Là, t'y vas fort ! proteste-t-il.

– J'admets à mon tour.

Je le laisse s'égoutter comme un labrador au sortir d'un marais.

– Y me faudrait quèque chose à becqueter pour me ravigoter la boyasse.

– Les hosties ? suggéré-je.

– Y a longtemps que j'ai bouffé le stock. Un steak de ch'val, plutôt, a'ec une sauce tomate et des frites mayonnaise.

*
* *

Cinq coups retentissent aux tours de Saint-Sulpice. La place est déserte en ce début d'une matinée qui promet d'être radieuse si l'on en croit le ciel rubescent au levant (faut avoir l'âme d'un pompier pour torcher une phrase comack).

J'ai déguisé Béru en clochard en l'asseyant simplement sur un banc. Moi, manière de me rafraîchir, je me suis immergé dans l'eau de la fontaine aux quatre lions. A plat ventre aux pieds de Bossuet, je surveille les environs d'un œil batracien tout en astiquant mes neurones à la peau de chamois. J'imagine le plan suivant : quelqu'un veut la peau de Gérald Troipardeu. Ce quelqu'un s'assure les services d'Ilmäa Nikkelkuu, saltimbanque drogué au bout du rouleau. Il poignardera l'acteur contre trente mille euros et, par le truchement du tronc d'église, fera savoir au commanditaire où aura lieu la remise des gages. Grâce à la punaise de sacristie, j'évente la combine. Lorsque le donneur d'ordre se pointe nuitamment dans l'église, il tombe sur la dame de charité qui a eu le tort de tenir compagnie à Béru. La curiosité étant souvent punie, il lui fracasse le crâne avec la statuette de saint Gengoul le Magnifique. Avant, il a tapé sur la tronche du Mastard, mais ne s'est pas acharné, l'estimant inoffensif dans sa pochtronnerie.

L'heure est maintenant venue de payer l'exécutant. Seulement, l'exécutant s'est suicidé au gaz en fin d'après-midi. Le commanditaire est-il au courant de ce décès ? Certainement pas, sinon il n'aurait pas pris la peine d'aller chercher l'info du rendez-vous dans le tronc de l'église.

Moralité ? Il va se ramener d'ici quelques instants, ne trouvera personne à qui remettre le pèze, poireautera un peu et finira par rebrousser chemin. Sauf qu'entre-temps, ton San-A joli l'aura alpagué et menotté.

Ça, c'est la théorie. La pratique, je l'imagine moins rose bonbon et tu sais pourquoi ? Parce que je ne suis pas convaincu du suicide du clown. Et si on lui a enfoncé la frime dans le four après l'avoir estourbi ou médicamenté, rien n'est censé se dérouler de manière prévisible. Peut-être Ilmäa n'a-t-il été qu'un sous-exécutant ? Ma vigilance redouble comme ton fiston s'il est aussi cancre las que toi.

Un autre truc me chiffonne depuis un bout de moment : pourquoi avoir choisi cette place bordée par l'un des pricipaux commissariats de Paris pour effectuer une tractation supposant un minimum de discrétion ? J'ai hésité à prévenir mes proches collègues, car je me suis dit que la volaille de quartier jacasse un max et que le moindre colportage risque de faire foirer l'opération. D'autant que ça circule dur, les cars de bourdilles, à cette heure où statistiquement le moins grand nombre de délits se commettent. Cinq heures du mat ! La place Dauphine a mauvaise mine, chantait Dutronc. Si les livreurs de lait ont disparu et les balayeurs obtenu des horaires plus conformes à leur dignité, cinq plombes demeure l'heure creuse de la délinquance. Les putes sont rentrées filer la comptée à leurs macs, les travelos se rasent après une nuit de dur pompage, les dealeurs ont regagné leurs pénates et les dealés se sont écroulés dans un squat.

Alors, c'est le moment où Messieurs les poulagas commencent à jouer les gros bras, des fois qu'un boulanger mette de la margarine dans ses croissants au beurre, qu'un touriste insomniaque ait oublié ses fafs à l'hôtel, qu'un cycliste s'hazarde sur une voie réservée aux bagnoles ou qu'un caniche matinal aille poser sa crotte là où Chirac n'a pas dit !

Une troupe de joyeux drilles déboule d'une rue adjacente. Les fêtards ne me semblent pas particulièrement jeunots : des quadras voire des quinquas. De mon poste d'observation j'en dénombre sept, quatre ziguesses et trois zigues.

En chœur désaccordé, ils chantent : *Je suis malaaaaade*, la chanson de mon pote Lama, paroles qui préfigurent leur état après quelques heures de cuvaison. Ils s'attardent un instant devant ma bagnole que j'ai pris soin de garer toute proche, pour le cas z'où. Je crains un instant qu'ils ne la mettent à mal, tu sais, le coup de clé ravageur d'une aile à l'autre. Mais ils se contentent de l'admirer et reprennent leur dégaine et leur rengaine.

Ils traversent et se dirigent vers la rue de Rennes. Un car de bourdilles radine en sens inverse au ralenti. Les comiques se mettent à entourer le véhicule pour exhorter l'équipage à chanter avec eux. Les foiridonneurs étant d'âge respectable et d'allure notable, le chauffeur du panier à salade se contente de klaxonner pour les disperser et poursuit son chemin. Il vire à droite et passe devant le commissariat.

Je pensais que le fourgon rentrait au bercail. Il accélère au contraire et fonce en direction du jardin du Luxembourg.

Mon lutin intime me tire par le zob de l'oreille (expression de Béru, cela va sans dire) et me chuchote qu'un truc pas clair se manigance, que je suis en train de me faire rouler dans le goudron et les plumes d'oie, comme dans Lucky Luke.

D'un saut de carpe je m'éjecte de la fontaine et cavale jusqu'à Sa Majesté qui s'est évidemment rendormie sur son banc. Je lui flanque une bourrade.

– C'est mon dernier mot ! affirme-t-il, perdu dans ses rêves de millions évaporés.

– Débarque ! le houspillé-je. Tu vois les quidams au bout la rue, là-bas ? Tu te me les mets au frais en utilisant les grands moyens, s'il le faut. Allez, grouille, grouille !

Sur ces propos de chef, je cavale à ma guinde et décarre en grillant le feu rouge, ce qui oblige un chauffeur de taxi à grimper sur le trottoir du commissariat pour m'éviter.

Je suis déjà à deux cents chrono à l'approche du prochain carrefour. Il serait raisonnable de lever le pied, non ? D'autant que le car de police que je poursuis est stationné en double file à très faible encablure.

Flingue en pogne, je l'investis. Il est aussi vide que le trou de la Sécu, mais moins profond. Je regarde alentour. Pas âme qui vive ni même qui meure. Avant de regagner ma Cayenne (un vrai bagne, cette caisse), je note l'immatriculation du fourgon. Tout ce que j'ai réussi ce soir, c'est à saloper ma banquette avec mes fringues dégoulinant de la flotte limoneuse du bassin.

Je décide de retourner place Saint-Sulpice en emmanchant (en tout bien tout honneur) la rue de Rennes. Et là, mon gueux, je retombe sur les ribouldingueurs que le Mammouth était censé interpeller. Je pile à leur hauteur.

– Taxi ! me hèle le moins bourré du lot.

– Non, police ! rectifié-je en lui décochant une mandale échantillon.

Il crache le noyau d'olive de son dernier cocktail et se fout à chougner, croyant avoir paumé une ratiche. Vu le tarif des chirurgiens-plombiers, ça triplerait facile la douloureuse de la soirée. Ses deux cons-pairs s'écrasent mollo. Seules les femelles regimbent. L'une me demande si j'appartiens à la Gestapo, l'autre commence à gueuler à la ronde et jusqu'à la Rotonde. La troisième, celle qui a fait de l'aïkido en CM2, m'attrape les joyeuses dans la ferme intention de me les torsionner. Seulement, au soupesé, elle pige qu'il serait criminel de molester pareille joaillerie. Son agression devient caresse.

– Ho, les filles, le paquet qu'y se trimbale !

Je me dégage et, histoire de ramener le calme dans les esprits, je lance un solennel :

– Il s'agit d'un meurtre !

Il y a des mots comme ça qui valent sommation.

– Un meurtremeutreeutreutretre... ! s'exclament-ils en canon (le dernier de la soirée), agnellisés tout de go.

Je peux enfin les interroger. Leur historiette, je l'avais subodorée : c'est l'aventure pitoyable de six provinciaux en goguette achevant leur odyssée à la recherche d'un tacmard susceptible de les rapatrier vers leur hôtel ★★★ de l'avenue des Ternes.

Le problème, le mien, surtout, c'est qu'ils étaient sept lorsque je les ai aperçus pour la dernière fois.

– L'autre bonne femme ? On la connaît pas.

– Elle s'est jointe à nous à la sortie du Bedford Arms.

– Elle a chanté avec nous...

– Elle nous a accompagnés jusqu'à la rue de Rennes.

– Elle a dit qu'elle habitait le quartier, elle a traversé et elle a disparu.

– On n'a rien fait de mal.

La certitude d'avoir été blousé dans les grandes largeurs me file le tournis. J'ai la sensation d'être aussi naze que mes interlocuteurs.

– C'est elle qui a eu l'idée d'entourer le car de flics ? demandé-je, sûr de la réponse.

– Ben, oui.

– Ils étaient combien de poulets, dans le fourgon ?

– Un seul, le chauffeur.

– Essayez de vous concentrer : la fille a-t-elle remis quelque chose à ce policier ?

– On n'en sait rien...

– Mais si ! Elle possédait un sac, une besace en toile. Quand elle nous a quittés, je jurerais qu'elle ne l'avait plus !

La description qu'ils font du cogne est hyper-vague, vu qu'il se trouvait rencogné dans l'ombre. Celle de la femme encore davantagement évasive et vaseuse, car elle était maquillée à outrance et portait perruque, aux dires des dames.

Ce qui me turluchatte le plus, c'est que Béru ne se soit pas manifesté auprès de mes gais lurons. Se serait-il rendormi sur son banc ?

Je prélève les cartes d'identité de tout ce beau monde en priant chacun de se présenter dans la matinée à la P.J. après avoir vomi et pris une douche.

Le petit jour s'étant établi à son compte, le quartier Saint-Sulpice réapprend à vivre. Des barmen s'en vont, des garçons de bistro s'en viennent. Une arroseuse municipale compisse les trottoirs. Les cloches de l'église larguent leurs six coups. Il fait dimanche. La première messe ne devrait plus tarder.

Mais le Gravos a disparu.

N'ai-je pas eu tort de vouloir jouer le coup en duo avec mon Haltère-et-Gros ?

Aussi fringant qu'un bourgeois de Calais décalé se livrant à Édouard III, je me rends au commissariat de la place.

Chapitre quatrième

Dans lequel on me fait une proposition inacceptable que je finis par accepter

– Désolé, commissaire, cette immatriculation ne correspond pas à un car de chez nous...

Battant de zèle, le planton pianote sur son ordinateur.

– ... ni même à aucun véhicule de police. La plaque est fausse et il s'agit d'un fourgon maquillé. On va envoyer une équipe sur place. A l'angle de la rue de Fleurus, c'est bien ça ?

Je confirme et demande à parler au responsable des lieux. Pour l'heure, un capitaine au bord de la retraite dirige la taule en attendant l'arrivée imminente des huiles. On me conduit à son bureau qui ressemble à des cagoinsses, moins par la taille que par l'effluve.

Il achève de grignoter un sandwich à la mortadelle et me tend une paluche sucrière. Toute la pesanteur d'une administration oublieuse repose sur ses épaules affaissées. Le persillage de ses pommettes raconte des lustres d'anisettes peu diluées.

– Ah, San-Antonio, c'est vous ?

Que répondre à pareille question quand tu es toi, sinon oui ? Je confirme donc.

– Je peux vous être utile, chef ?

Les mecs qui t'appellent chef, quand tu n'es ni adjudant de gendarmerie ni brigadé au Michelin, témoignent davantage de leur soumission que de leur admiration.

Je m'informe sur le sort de Béru. Niet !

On n'a vu aucun collègue dans les parages. La nuit a été calme, si ce n'est ce clodo qu'on vient d'appréhender il y a moins d'une plombe. Un taxi avait fait une embardée sur le trottoir. Les bourdilles sont sortis pour vérifier ses papelards. Voilà-t'y pas qu'un gros beurré dégueulasse s'interpose et réclame la troupe pour lui prêter main-forte. Ça n'a pas traîné : on l'a embarqué manu militari.

– Où est-il, maintenant, ce clodo ?

– En salle de dégrisement. J'ai suggéré à mes hommes de lui donner une petite leçon de civilité.

Lorsqu'on passe le museau dans la cage à poules, cinq gardiens de la paix sont alignés dans la poussière, les fers en l'air, la casquette de traviole. Le plus gradé cherche ses prémolaires et ses besicles à quatre pattes sous la banquette.

– Te v'là enfin ! récrimine mon Alexandre, en effet dégrisé.

Il se rajuste et me désigne ses victimes gémissantes.

– Tant qu'la flicaille recultera chez les lopettes, faut rien n'espérer d'la France. Fais-moi vite sortir, Tonio, Berthe doit commencer r'à s'inquiéter : j'devais rentrer sitôt t'après l'émission pour fêter ça a'ec Alfred. Tu crois qu'y m'auront laissé du gigot ?

Je dépose le Mastard au bas de sa tanière et mets le cap sur Saint-Cloud. J'aspire à un bol de caoua, une douche glacée et une couple de plombes entre les torchons pour regonfler la bête.

En ce *sunday morning* la circulanche est fluide, presque hémophile. Je conduis à la nonchalante, bras ballant le long de la portière. Je revisite en ma tronche les événements des dernières heures.

Une semaine après l'étrange disparition de Jean Ballatouva, acteur devant interpréter le rôle de San-Antonio au cinéma, Gérald Troipardeu, le comédien qui allait incarner Bérurier à l'écran, est poignardé par un clown à Saint-Germain-des-Prés. Menant une enquête éclair, je retrouve le clown, un certain Ilmäa Nikkelkuu, apparemment buté au butane dans son appartement. Un détail me frappe : il ne porte aucune trace de brûlure au ventre alors que la doublure intérieure de sa veste s'est embrasée à cause d'un cigare allumé.

Une chaisière a vu le clown glisser un papier dans un tronc de l'abbaye. Il s'agit d'un rendez-vous fixé par l'exécuteur du crime à son commanditaire pour la remise des gages convenus. Béru, chargé de surveiller les lieux, est assommé et la bigote massacrée.

J'assiste comme un gland à l'échange du pognon entre une femme et un faux policier qui s'évaporent tous deux dans le petit jour.

Qui est cette gonzesse ? Pourquoi a-t-elle fait assassiner Troipardeu ? A qui a-t-elle refilé les trente mille euros, puisque le clown meurtrier est encore plus défunté que Grock et Achille Zavatta réunis ? T'as pas l'impression que je débute une jolie collection de points d'interrogation ? S'il faut baptiser cette nouvelle manie, on l'appellera l'interrogatiopunctophilie.

Comme de bien entendu, maman m'attend sur le perron, un caddie à provisions à ses pieds. Je la serre contre moi, hume voluptueusement la senteur de nid séché qu'exhalent les cheveux flous sur sa nuque.

– Tu rentres bien tard, mon grand, dit-elle sans une once de reproche dans le ton.

– Tard pour hier, mais tôt pour aujourd'hui.

– Je file au marché. Tu as envie de quelque chose en particulier ?

– Il fait un temps à grignoter des légumes verts.

Félicie sourit de bonheur. L'appétence d'un enfant, serait-il un solide gaillard (et robuste paillard) dans mon genre, enchante toujours une mère.

– Ça te dirait, une jardinière avec des petits pois frais, des fèves, des pommes de terre nouvelles, des carottes fanes, des navets nains, des oignons grelots, un cœur de laitue et un bouquet de menthe ?

– Merveilleux ! Mais ajoute quand même quelques lardons, pour faire plus gai.

Maman roule son caddie jusqu'au bas des marches.

– Je vais prévoir pour trois. On t'attend au salon, chuchote-t-elle, mystérieuse.

Pantalon de toile, t-shirt et pull informe par-dessus, Charlotte est assise sur le canapé. Jambes et bras croisés, air boudeur, on croirait qu'elle attend son tour chez un dentiste débutant.

– Bonjour, souffle-t-elle.

– Bonjour.

– Tu ne m'en veux pas d'être venue chez toi ?

– Pourquoi t'en voudrais-je ?

– Souvent les gens m'en veulent de mes initiatives.

– Pas moi.

Je m'assieds auprès d'elle et l'attire contre mon poitrail. Aussitôt la porcelaine de son regard s'illumine.

– J'avais envie de te revoir. Mais ce n'est pas un prétexte, je te jure... Ton téléphone...

– Je l'ai oublié chez toi, je sais.

– Ignorant ton adresse, et même ton nom, j'ai fouillé dans le répertoire. J'ai trouvé « maman ». J'ai appelé. Ta Félicie m'a donné votre adresse, et me voilà...

Nos lèvres s'agglutinent. Mes pognes partent en expédition, l'une vers la cave, l'autre au balcon. Charlotte me repousse gentiment.

– Pas maintenant, s'il te plaît, pas chez ta mère. Au fait, tu as reçu un appel, très tôt ce matin. J'ai pas osé répondre. Après, je me suis dit que c'était peut-être important et j'ai écouté le message.

Je compose le numéro de ma boîte vocale, mais c'est le carillon de l'entrée qui tinte. Maman aurait-elle oublié la liste des commissions et ses clés par surcroît ? Je remise le portable et vais délourder.

L'individu qui s'encadre dans mon espace vital ressemble un peu à ton grand frère, mais surtout à la petite sœur de Pedro Almodóvar. Tignasse noire et bouclée d'une tête de loup de ramoneur, joues mollasses de poire au sirop en fin de cuisson, lèvres lustrées comme une copulation de limaces, il ou elle porte un pantalon de treillis et une chemise blanche à jabot sous une saharienne kaki. Ses yeux mobiles aux pupilles dilatées ressemblent à deux mouches en train de se noyer dans un bol de lait.

– Je suis Dominique, affirme le personnage.

Ni la voix ni le prénom n'aident à l'identification de son genre.

– Vous vouliez me parler ?

– Pas moi, mon patron. Il vous attend dans sa voiture. Suivez-moi.

Une Jaguar du temps où les Anglais savaient encore dessiner une bagnole, avec des lignes toutes en douceur mais des phares et une calandre comme un regard et des dents de fauve ! Ce genre de guinde qui t'aurait incité à tirer la reine mère entre deux gin-tonics sur la banquette arrière.

Je prends place auprès de Claude Sologne, tu sais, le fameux producteur et réalisateur. On lui doit des petits bijoux cinématographiques tel *Jean défloré* d'après Marcel Pignol, mais également des films à grand budget pour gros public.

Il me tend une main moite et me vote un regard de babouin apercevant une panthère sur la branche voisine. Dans ses périodes euphoriques, ce type semble à la recherche d'un anneau pour y accrocher sa corde. Là, je le trouve franchement prêt à faire basculer le tabouret.

– C'est une catastrophe, San-Antonio ! souffle-t-il en guise de préambule.

– Je conçois que l'assassinat de Gérald Troipardeu vous affecte. Soyez assuré que la police fait tout ce qui est en son pouvoir...

– La mort de ce gros con pouvait rester un fait divers, me coupe-t-il. Mais huit jours après la disparition de l'autre vedette, ça ruine carrément ma production !

– Pour Jean Ballatouva, on parle d'une fugue amoureuse.

Sologne réfute mes propos en secouant fébrilement l'index.

– Taratata ! Évidemment ! Comme les cocus, les flics sont toujours les derniers informés ! Vous savez que Ballatouva devait jouer San-Antonio dans mon film ?

– Évidemment. Jean est un de mes bons copains.

– Eh bien, votre bon copain a été kidnappé aux Seychelles.

– Que faisait-il aux Seychelles ?

La mauvaise humeur est une seconde nature chez Sologne, comme la compassion chez l'abbé Pierre, la gloutonnerie chez Béru, la sincérité chez l'homme politique de ton choix.

– Si nous avons acheté les droits de votre album *San-Antonio Crusoé*, ça n'était pas pour tourner à Sarreguemines ! Ballatouva est un professionnel. Il a souhaité s'entraîner sur le terrain avant le début du tournage. Il vit à Praslin depuis un mois.

– Vous possédez des détails sur sa disparition ?

– Évidemment, par notre ministre des Affaires étrangères. Il s'est évaporé au large de Praslin avec sa monitrice de plongée.

– Il s'agit peut-être d'un accident. La plongée est un sport à risques.

– On a retrouvé leurs combinaisons et leurs bouteilles à la tombée de la nuit sur leur bateau qui dérivait.

– Ils se sont peut-être baignés en pleine mer. Ça doit foisonner de requins, par là-bas ?

– Il y avait des traces de sang sur les coussins, des signes évidents de lutte à bord. De plus, des marques sur la coque de leur vedette indiquaient qu'elle avait été éperonnée !

– Votre conclusion ?

– On veut saboter le film.

– Assassinats et rapts pour perturber une production ? Même à Hollywwod, ils n'y ont jamais pensé, narquoisé-je.

– Il n'empêche que le bruit court déjà dans Paris que la malédiction s'est abattue sur mon projet. Depardieu et Clavier, Lanvin et Reno, que j'ai contactés dans la nuit pour remplacer au pied levé Troipardeu et Ballatouva, se sont défilés. Je les compte pourtant parmi mes amis les plus sûrs. Personne ne voudra désormais se hasarder dans cette aventure. Or, j'ai déjà investi vingt millions d'euros !

Le produc me fixe en caressant machinalement sa barbe de huit jours, grisonnante et clairsemée.

– Il faut m'aider, commissaire.

– A part arrêter le meurtrier de Troipardeu et me mettre en rapport avec mes collègues seychellois, que puis-je pour vous, monsieur Sologne ?

– Accepter le rôle de San-Antonio dans mon film.

Inutile de te préciser que je me fends copieusement la poire.

– Vous galéjez ? Je ne suis pas comédien.

– Vous êtes flic, écrivain, séducteur, c'est du pareil au même !

Il interprète mon interloquance comme une enjambée vers l'acceptation et poursuit avec l'inébranlable mauvaise foi de ceux dont le pognon est en péril :

– Pour jouer son propre personnage, nul besoin d'être acteur, il suffit d'être naturel. Le prochain vol pour les Seychelles part ce soir à 19 h 30 de Roissy 2. Vous allez le prendre, et votre collègue Bérurier aussi. C'est, paraît-il, un homme très vaillant et d'une exceptionnelle cocasserie. Une malheureuse caméra ne saurait donc l'effaroucher. Faites-moi confiance, il remplacera avantageusement Troipardeu.

Au cours de ma carrière, on m'a déjà demandé des trucs insensés : épiler la moustache de Saddam Hussein, faire boire de l'eau à Boris Eltsine, récupérer le cigare de Monica, me moucher dans le torchon de Yasser Arafat, faire passer Ariel Sharon pour le Bonhomme

Michelin, et même changer la couche d'Ozone, mais là, franchement, ça dépasse le raisonnable.

– Vous ne savez plus désembrouiller la fiction de la réalité, mon cher Claude. Nous avons une enquête à conduire ici, à Paris...

– Où est le problème ? Vous la confierez à des collègues. Si vous acceptez ma proposition, vous assurerez votre propre promotion et celle du film. Ce qui ne vous empêchera pas de mener aux Seychelles des investigations sur l'enlèvement de votre ami Jean Ballatouva, et peut-être même de le sauver.

– Tout ça est ridicule !

– Je peux appeler le ministre de l'Intérieur, si vous voulez. On est intimes. Il vous accordera un congé illimité...

J'ouvre la portière et quitte la Jaguar.

– Votre prix sera le mien, commissaire, insiste-t-il.

– Bon dimanche, monsieur Sologne.

Il baisse la vitre et tente de me retenir par la manche.

– Allons, ne soyez pas égoïste, San-Antonio : pensez un peu à moi !

***

Je retrouve Charlotte au jardin, en discussion avec Dominique, le factotum (ou la factofemme) du producteur.

La jolie se précipite à ma rencontre, émoustillée.

– Tu l'as vu ? Tu lui as parlé ? Il est comment ?

– Dans de bonnes dispositions, répliqué-je. Si tu as envie d'un rôle, c'est le moment ou jamais. Il sème à tout vent !

J'avale les marches du perron et vais me servir une tasse de café à la cuisine. Une déprimante détresse m'envahit, portée par cette question simple : pourquoi les hommes sont-ils tant préoccupés d'eux-mêmes ? Ce malaise émane-t-il de la personnalité de Claude Sologne, que le destin a comblé en lui offrant le talent, le succès, la fortune, et qui vient pleurnicher dans mon giron pour quelques zeuros accompagnés de quelques zéros ? Ou bien ressentussé-je du dégoût envers moi-même de n'être pas enclin à l'aider ? Nous vivons seuls dans des bulles accrochées comme des notes de musique sur des portées qui se rejoignent à l'infini ; mais l'infini c'est loin. Chacun joue sa partition et les échos furtifs qui nous parviennent de nos contemporains constituent cette pauvre mélopée que nous appelons communication.

Je fais une crise d'âme comme d'autres des crises d'athsme. Mon cerveau se sclérose, mon esprit bat la chamade, mes pensées m'étouffent. J'ai hâte que maman rentre des courses. Je porterai son cabas, j'écosserai les fèves, je hacherai les oignons, je soulèverai sa grosse Cocotte en fonte et je lui répéterai que je l'aime. On ne dit jamais assez qu'on les aime à ceux qu'on aime.

La porte s'ouvre à la volée. Charlotte s'encadre dans un halo de soleil. Elle fronce les sourcils.

– Qu'est-ce que t'il t'arrive, tu pleures ?

– Non, c'est les oignons. Je rêvais que j'étais en train d'éplucher des oignons.

Elle s'assied sur mes genoux et m'enlace. Sa pommette vient se râper contre ma joue à la barbe naissante.

– Quel ours, ce Sologne, il n'a même pas

voulu m'écouter. Quant à son chien de berger, il est trop savonné pour qu'on ait prise sur lui.

Maman rentre des commissions. Je la soulage de ses paquets et lui propose mon aide culinaire.

– Je suis vieille, mais encore capable d'éplucher des légumes, mon grand, rétorque-t-elle, un tantinet vexée.

Du coup, je n'ose pas lui dire que je l'aime de peur qu'elle ne prenne ma déclaration pour une marque d'inquiétude concernant sa santé. Je t'affirme qu'il est plus facile de traiter un automobiliste de gros con que de susurrer des mots tendres à sa génitrice !

Le plus naturellement du monde, Charlotte va s'asseoir près de Félicie, ramasse un économe dans le tiroir et s'attaque aux pluches des patates. Maman n'y trouve rien à redire, alors qu'elle m'a récusé. Comme quoi les tâches ménagères, c'est vraiment pas un boulot de mec. Et viens pas me machiner avec mon prétendu machisme !

Mon mobile drelingue. C'est le ministre. Enfin, s'il n'a pas changé à l'heure où nous mettrons sous presse. De Ville Pinte de Binoche. Tu vois qui je veux dire, hein ? Un grand playboille argenté à l'irréprochable brushing qui s'est refait une santé dans la lutte anti-Bush pour expier l'initiative d'une dissolution foireuse. Aujourd'hui, il caviarde les routes de radars mouchards en tentant de faire accroire qu'il est encore plus méchant que son prédécesseur, lequel tient à présent le tiroir-caisse de l'État. Ça y est, tu le remets ? Impec. Imagine sa bouche en fion de poularde de Bresse expulsant une truffe et sa voix plus sucrée qu'un miel d'abeilles diabétiques.

Tout onctueux qu'il paraisse, ce genre d'énarque est rompu au maniement des ordres et le moindre de ses désirs doit être comblé dans les plus brefs délais.

Je te passe les prémices de courtoisie pour t'en venir à l'impérieux :

– Cher commissaire, nous apprécillillierions vivement que vous prississassiez au plus vite un vol pour les Seychelles. Il y a un départ ce soir à 19 h 30. Que vous ne vous méprisassiez pas : le fait que Claude Sologne ayasse l'oreille favorablissime de notre tant vénéré Président n'a rien à voir en l'affaire. C'est nous qui tenassons à ce que vous alliassiez en ce bel archipel pour retrouver au plus vite l'acteur Jean Ballatouva. Ne me demandez pas les motifs dictassant cet ordre, la raison d'État m'interdiserait de vous répondre. Il va de soi...

– ... de laine et de coton, maugréé-je.

– ... que votre inséparable Bérurier doivasse être de l'expédition. J'ai dit.

– Si je vous offrassais ma démission, monsieur le sinistre ?

– Elle serait refusassée, cela va de soi...

– ... de laine et de coton.

Je lui raccroche au blair et m'apprête à balancer mon Alcatel 332 sur les tommettes de la cuistance et à l'écrabouiller jusqu'à ce que mort de la puce s'ensuive, lorsque Charlotte me rappelle à la raison :

– Tu as écouté ton portable, au moins ?

– Ah oui, le message important.

– Important, je sais pas, mais bizarre...

Je pianote nerveusement le 888. L'itinérante du service m'annonce que j'ai un message sauvegardé, message reçu à 4 h 37 ce matin.

En dépit de l'écho sur la ligne, je reconnais instantanément l'organe avantageux de Jean Ballatouva.

« Allô, Toni ? C'est Balla. Pardon de te déranger si tôt, mais... je tenais à te dire de ne pas t'inquiéter. Je sais que des rumeurs circulent sur ma disparition. En fait, je suis tombé raide dingue d'une jeunette et j'ai envie de refaire ma vie avec elle. J'ai assez de fric de côté, je plaque tout. C'est le moment ou jamais. »

Un bref silence. Un lointain chuchotis. La voix du comédien reprend :

« Surtout... que les autorités françaises ne se mêlent pas de ça. Je compte sur toi, Toni. Rassure mon père et ma mè... »

Le message s'interrompt brusquement sur une coupure de ligne.

Intrigué, je me repasse le message à plusieurs reprises et à chaque écoute je trouve le ton de mon ami de moins en moins naturel. Dans la vie quotidienne, on ne fait pas plus rigolard. A l'écran, il module davantage ses inflexions. Là, il donne l'impression de réciter un texte sans véritablement le jouer. Pourquoi m'appelle-t-il Toni, alors qu'entre nous c'est Balla et San-A ? Mais, surtout, pourquoi m'a-t-il demandé de rassurer ses parents alors qu'ils sont morts il y a cinq ans ? Un accident de voiture : j'étais à leur enterrement...

Je bidouille le clavier : Menu / Événement /

OK. J'enregistre le numéro d'appel. Un numéro commençant par 00 248. L'indicatif des Seychelles.

Entre l'ordre du ministre et le contrordre de mon copain, tu choisirais quelle option, toi ?

Ça m'étonne pas, t'as toujours été un vrai glandu !

Chapitre cinquième

Dans lequel je rameute les troupes et me décide à quitter Paris pour une durée indéterminée

Moi, je suis pour que la vie ne s'arrête jamais. Je ne parle pas de ta misérable existence, déjà exquisément végétative, ni de la mienne qui ne m'importe guère plus que celle des autres, et bien moins que celle des miens. Non, je parle de la vie comme activité, animation, effervescence, trépidation. J'estime que la société devrait fonctionner sept jours sur sept, sans temps morts, sans répit ni relâche. Sitôt qu'il cesse de remuer, un organisme est voué au surplace, et donc au trépas. Les animaux s'agitent sans cesse, t'as qu'à observer une fourmilière, un lion en cage, un moineau sur la branche, un banc de sardines, le chien de ton voisin, les bourrins à Longchamp ou le bacille de la vérole sous l'oculaire d'un microscope. Même les plantes se trémoussent au moindre coup de vent.

Et nous, il faudrait qu'on se fige ?

Pourquoi le dimanche est-il aussi chiatoire et d'une telle lugubrance ? Parce qu'il est un échantillon de la mort. Traverser un dimanche devient plus périlleux que le détroit de Messine, car l'ennui tue plus assurément que le tourbillon de Charybde ou le roc de Scylla. Une simple question : pourquoi ne peut-on pas se faire couper les douilles ou poster un recommandé juste après la grand-messe, franchement ?

Si c'est un problème religieux, qu'est-ce qui empêche les musulmans, les juifs et les chrétiens de se répartir équitablement le vendredi, le samedi et le dimanche ? Maintenant, si tu estimes que l'obligation de bosser le jour du Seigneur constitue une remise en cause de tes acquis sociaux, je ne saurais te blâmer, toi, habitué de longue date à l'endoffage maison. Seulement, pendant que tu laisses se dessécher la purée de pois cassés qui emplit ta boîte crânienne, moi je la fais bouillonner. Et je suis arrivé à la conclusion que si les commerces, les entreprises, les administrations et les écoles fonctionnaient le samedi et le dimanche au rythme des autres jours, ça relancerait l'économie, ça procurerait du boulot à tous, et chacun travaillerait moins de trente-cinq heures par semaine. Tu m'entends ? Moins de trente-cinq heures ! Le tout étant de coordonner les journées de labeur et de scolarité des membres d'une même famille. Je t'oblige pas à adhérer à mon programme, je ne suis candidat à rien. Et puis, t'as le droit de ne pas rêver !

N'empêche qu'en ce dimanche matin, la Grande Cabane ressemble à l'hôpital Georges-Pompidou un lendemain de légionellose. Quelques zigues morosent zigzaguent dans les couloirs pisseux, un dossier vide sous le bras, l'air plus accablés que s'ils trimbalaient un rouleau compresseur à la force du poignet.

Je retrouve Pinuche dans mon burlingue. Il a choisi la permanence de week-end pour échapper à la réunion de quartier organisée par sa mégère en leur appartement, selon la méthode Tupperware, sur le thème des couches-culottes après soixante-dix ans.

La Vieillasse est occupé à recoudre un bouton de sa chemise. Son torse nu et glabre au sternum saillant évoque le poitrail d'un poulet sans label. Délaissant ses travaux d'aiguille, il me propose un gorgeon de muscadet. J'en accepte une larme, pour trinquer.

Nous effectuons un point rapide de la situation. Concernant l'assassinat de Gérald Troipardeu, la culpabilité d'Ilmäa Nikkelkuu se précise. Le pic à glace du crime provient de la Bovida, une boutique spécialisée dans le matériel de restauration. L'instrument s'y vend sous blister par lots de trois. Or, n'ai-je pas retrouvé les deux autres dans la cuisine du clown ?

Le corps du Finlandais sera autopsié cet après-midi ou ce soir au plus tard, afin de déterminer s'il s'est vraiment suicidé ou si on l'aurait aidé à se rentrer la tronche dans le four à gaz.

Je recommande à mon fidèle César de fouiner dans la vie privée et la carrière professionnelle de Troipardeu pour essayer de découvrir un éventuel mobile de son meurtre. La femme commanditaire, le clown planteur et le flic bidon qui a raflé le pognon place Saint-Sulpice n'ont pas agi au hasard, mais selon un scénario bien établi. Ils avaient donc tous trois de bonnes raisons de perpétrer ce crime. Lesquelles ?

Détail non négligeable : la fausse fourgonnette de police utilisée cette nuit avait été volée la veille sur le tournage d'une série polar pour la télé. Tournage, cinéma : l'univers de Troipardeu et Jean Ballatouva...

Pinaud biche comme un pou laid lorsque je lui apprends que j'embarque Bérurier avec moi aux Seychelles et que j'ai confié à Jérémy Blanc, notre Black d'élite, la mission de me représenter au congrès européen de la Police. Il est d'autant plus joyce, le Croulant, que mon fils Antoine et Amélie Mathias, sa rouquine de fiancée, ont décidé de s'offrir un voyage de noces à l'essai avant de passer devant M. le maire. Ils sont partis la semaine dernière pour une destination tenue secrète.

Seul aux manettes, le Cher Débris (proche de la clôture) entend prouver que, même hors d'âge, un vieillard maniaque peut encore assurer.

Ne me reste plus qu'à mettre la paluche sur le Mastard avant d'aller boucler vite fait mes Vuitton.

Le téléphone ne répond pas chez lui. L'heure du berger sonne tôt chez les Bérurier. Tu paries qu'il est déjà au troquet d'en bas ?

*
* *

Il n'y est pas.

Je grimpe douze par douze les marches de son escadrin plus branlant qu'un médius de collégienne recevant la visite d'une copine pour réviser à deux les morceaux choisis de la baronne Dudevant-derrière. Quoique close, la porte de l'appartement est largement ouverte… au milieu du panneau. Par l'échancrure dessinée d'un coup d'épaule, j'aperçois Berthe, à quatre pattes dans l'entrée en nuisette vaporeuse, occupée à rabouter les fils du téléphone.

Je toque au chambranle. La Gravosse se redresse, m'avise, récupère d'un geste fripon son string dans le canyon de sa raie médiane et vient déponner le maigre restant de l'huis (Fernandez). Elle m'invite à investir le local qui semble avoir été ravagé par un typhon de type nagasakiesque.

– Ah, vous tombez bien, commissaire ! Prêtez-moi vot' portab', faut qu'j'appelle S.O.S. 69 pour qu'ils viennent réparer ma lourde. J'peux pas sortir en laissant pareil cafard-n'à-homme au vit et au suce de tout l'monde. Ce gros enculé a tout démoli. Il a même bousillé le téléphone !

L'Ogresse me désigne le salon dont il ne subsiste que fagotins et décombres.

– Tous les meub' sont en miettes. Y a qu'les morceaux qui sont encore entiers...

– Que s'est-il passé ?

– Figurez-vous qu'hier soir, moi et Alfred, on attendait Alexandre pour fêter son passage à la télé. Mais rien, pas d'nouvelles de c't'enflure. Alors, pour meubler l'temps, on a fait une p'tite partie de picol'strip. En fait, c'est un poker : çui qui gagne boit un verre de vin, le perdant pose une fringue. Un jeu d'gamins, quoi ! Mais d's'retrouver à poil et le pinard aidant, ça nous a monté aux sens. L'pommadin m'a z'alors entrepris une minette baveuse dont il a l'secret, tout dans l'doucereux. Tante et si bien qu'on s'aye endormi en sursaut avec sa langue dans ma moniche et deux doigts dans l'œil du cyclone. Mais v'là qu'aux z'horreurs du matin, Béru nous débuche dans c't'appareillage...

– Il en a pris ombrage ?

– C'est pas ça. Il était furibard qu'on aye décrassé tout l'gigot d'prés sablés. Il a traité

Alfred de vieux merlan pourri et moi d'grosse morue faisandée. Rien qu'des noms d'oiseaux ! Tout juste s'il nous a pas insultés. Mais c'qui l'a vraiment mis en pétard, c'est qu'on aye liquidé l'cubi de coteaux du Ventoux. D'orage et de déesse poire, il a tout cassé dans la baraque. Un vrai vent-d'ail ! Attali avec sa harde des z'Huns et des z'hôtes !

– Où est-il allé ?

– C'te question : chez Mme Largefigue ! Une nouvelle cliente du salon, genre pouffiasse de la haute ! Elle s'est entichée d'la chopine à mon homme. Elle la lâche plus d'une semelle ! Et il tombe dans l'panneau, l'abruti ! Si qu'elle ose se r'présenter d'vant moi, j'lui fais deux yeux à la coque et j'lui crame la chagatte avec mon fer à friser !

***

Immeuble cossu avenue de Breteuil. Une plaque de cuivre indique :

Lucette LARGEFIGUE
Sexologue
diplômée de la faculté de Fouzy-le-Gland
rez-de-chaussée droite
(sur rendez-vous)

L'individu qui ouvre à mon huitième coup de sonnette me fait tressaillir, moi dont une explosion atomique au coin de la rue, la découverte d'un crotale dans mon slip ou une soirée en compagnie de George Bush ne guérira pas le hoquet.

Il porte une robe de chambre en velours cardinalice à brandebourgs dorés, sanglée autour de sa panse pachydermique par une ceinture de même métal. Une serviette-éponge de boxeur montant sur le ring coiffe son dôme, et il a tartiné ses joues de fines tranches de concombre, à l'instar des stars hollywoodiennes.

Il me faut trois secondes et demie pour identifier le gars Béru. Il paraît également ahuri de me voir.

– Tonio ! Qu'est-ce tu branles ici ?

– Je viens te chercher.

– Si c'est Berthe qui t'envoie, dis-z'y d'aller se

faire mettre ! Avant qu'è retâte de mon gourdin, il va en couler du foutre sur son pont. J'ai enfin dégauchi la gonzesse de mon vit...

– Celle qui te déguise en dandy, t'oblige à te laver les tifs et à jouer au concombre masqué ?

Son Altesse Obésissime décolle les rondelles de son derme et les grignote machinalement.

– C'est parce que je m'ai coupé en m'rasant...

– Elle ne va pas tarder à te mettre au régime, ta donzelle.

– Au contraire ! Elle m'appelle son sumo adoré et m'gave comme une oie ! Au p'tit dèje, c'matin : foie gras, saumon fumé, caviar et langoust' mayonnaise. Rien qu'pour les amuse-gueule. C'est pas comme l'autre fumière qui racle l'gigot jusqu'à l'os et s'torche le picrate jusqu'à l'hallali !

– On dirait qu'elle joue les pygmalions, ta nouvelle conquête.

– Qu'elle pine à Lyon ou ailleurs, elle pine bien, croive-moi, sauf qu'elle a honte d'jouir. Va espliquer à Berthaga qu'elle peut r'prendre son nom d'jeune truie et même épouser l'pommadin, si ça lui chante, vu qu'j'vais la raie pugner par retour d'avocat !

– Ça n'est pas ta baleine qui m'envoie, précisé-je, mais le ministre.

Une subite gravité se peint sur ses bajoues.

– Le minitre ! Sans charres ?

– La France a besoin de nous. Va te revêtir en gros dégueulasse et je t'expliquerai.

L'air préoccupé, Béru me fait signe de le suivre.

– Merde ! Lucette m'avait d'mandé d'surveiller ses clientes ! Elle est dans son bain...

Nous longeons un corridor tendu de feutrine rouge, avec gravures grivoises au mur et lumières tamisées dans le plaftard. L'ambiance n'est pas sans me rappeler le boxon de la mère Poulasse, sur les hauteurs de Chaville, où on allait se faire écrémer le polichinelle avec les potes dans ma jeunesse. On s'introduit dans un burlingue clair, moderne et fonctionnel, qui contraste avec l'atmosphère sulfureuse de l'entrée. Sur le bureau directorial à peine plus vaste que la toiture du stade de France, cinq écrans plats de Macintosh retransmettent des images en couleurs.

– Mate un peu ! m'invite Alexandre en s'avachissant dans le fauteuil central.

Je domine ma surprise en découvrant sur

chaque rectangle lumineux le plan-séquence d'une femelle entièrement nue, allongée sur une table de gynéco, pieds dans les étriers, en train de se ramoner la tuyère à grands coups de vibromasseur.

– Tu fais dans le porno, maintenant ?

– Dans l'médical ! rectifie la Gonfle. Toutes ces nanas sont des impatientes à M'ame Largefigue. Elles payent très cher pour v'nir s'branler d'vant ses caméras.

» On les installe dans des p'tits boxons endividuels, et puis vas-y Simone au jus de poignet ! Tu sais qu'elles sont alignées en rang de l'oignon juste derrière cette cloison. A'ec une simple chignole on pourrait percer un trou pour y coller son œil ! Tu m'diras qu'on les voye bien sur les téloches, mais l'cul, quand t'as pas l'relief, ça perd beaucoup d'son charme.

Sur ce, la maîtresse de céans fait son entrée. Fichtre ! Je comprends que Béru s'y soit intéressé, au sien, de séant. Roulée princesse, elle est, la doctoresse ! La trentaine à peine dépassée. Des jambes interminables assemblées là où il faut, juste comme il faut, par un meilleur ouvrier de

France dans la fabrication des culs. Avec pardessus le blot une paire de poumons pigeonnants et un minois d'enfant de mutin souligné d'une bouche prête à dire oui et à le prouver. Miss Largefigue porte un tailleur moulant d'un ocre mordoré en harmonie avec ses yeux de chat abyssin et sa toison de blé d'or.

– J'te présente Lucette, bredouille le Protubérant, impressionné par l'éblouissance de son égérie.

Je me fends d'un baisemain Grand Siècle.

– Commissaire San-Antonio, je présume ?

La voix, chaude et moelleuse, te prodigue un massage complet depuis l'oreille interne jusqu'au scrotum.

– Vous devez être surpris devant ce spectacle, dit-elle en désignant les écrans. Rassurez-vous, tout cela reste thérapeutique. Le dimanche matin, je donne des cours d'orgasme vaginal. Beaucoup de femmes n'ont jamais rien connu d'autre que le plaisir clitoridien. La plupart s'en contentent. Celles que vous apercevez là, au contraire, se sentent frustrées et font appel à mes compétences. J'ai mis au point une technique de rééducation des stimuli vaginaux qui commence à faire ses preuves. Tenez, regardez la caméra une. Mme Landoff en est à sa quatrième séance. Il y a trois semaines, elle a mis cinq heures et douze minutes. Aucun homme ne saurait lui offrir pareille endurance...

– Très peu, en tout cas, concédé-je sans fause modestie.

– La semaine suivante, elle en était à trois heures vingt-trois et aujourd'hui elle va pulvériser son record... Voyez vous-même, elle mouille déjà en moins de cinquante minutes !

– C'est plutôt z'encourageant, intervient le prince Con-saure.

– On doit dire plutôt t'encourageant, mon ami, le reprend sa belle Lucette (quoi, une contrepèterie ?). Il y a un « t » à plutôt, pas un « s ».

– Pluto, ça prend un « t », comme Micket ? interroge le néo-bon-élève.

– Non, Mickey se termine par un « y ».

– Ben alors, pourquoi on dit « une miquette » ?

Je commence à piger la raison des progrès du Gravos en matière de liaisons dangereuses.

– Je voudrais pas cafter, ajoute mon vicomte

de Valmont, mais la p'tite rouquemoute de la Trois s'bricole la veuve Clito.

Courroucée, Mme Largefigue appuie sur un bouton et morigène la fautive.

– On ne touche pas à son clitoris, Mlle Brancoche ! La tricherie ne vous mènera à rien. Encore une incartade et je vous radie de mon cours !

La toubibesse passe en revue ses écrans de contrôle.

– Je vais aller diminuer le diamètre du godemiché de Mme Borgnasse, j'ai l'impression qu'elle surchauffe.

Elle sort d'un pas autoritaire.

J'attrape Béru par ses robustes épaules.

– Allez, Gros, il faut qu'on déhotte.

Il secoue sa hure d'un air buté.

– Jamais sans Lucette !

Il se déroule alors un truc comme on n'en voit que dans un bouquin de San-Antonio ou sa proche banlieue. Par la porte que vient de refermer la sexologue, Mlle Brancoche (caméra numéro trois) fait irruption, son dildo écumant brandi tel un sceptre. Elle trépigne, aux marges de la crise de nerfs.

– J'en peux plus ! hurle-t-elle. Il faut qu'on me finisse !

A cet instant précis, la vitre de la fenêtre vole en éclats. Une balle me frôle la tempe, rase les moustaches de Béru et va se loger au beau milieu du front de la rouquine.

Plus vite exaucé qu'elle, tu meurs.

Deuxième bobine

LE CERCLE DES POTES DISPARUS

Chapitre sixième

Dans lequel je change d'identité et rencontre la femme de ma vie de la semaine suivante

« Mesdames et messieurs, ici votre commandant de bord. La déflagration que vous venez d'entendre n'a rien qui doive vous inquiéter. Quant à la puanteur qui a envahi la cabine, elle semble due à une obturation des toilettes de la classe affaires. »

Béru s'étire, me flanquant un coup de coude dans la pommette.

– Escuze, San-A, j'viens juste d'me réveiller d'mon sommeil. J'rêvais qu'j'avais briffé une tarte à l'oignon et que j'craquais une louise impériale.

– T'as pas rêvé, grommelé-je, les sinus en capilotade.

« Notre atterrissage à Mahé est imminent, poursuit le *captain*, veillez à ce que votre ceinture soit bien attachée, votre tablette ainsi que votre repose-pieds relevés, et le dossier de votre siège en position verticale. »

Saint Jean de Latrines se penche vers le hublot. Il me désigne quelques éclaboussures d'émeraudes disséminées sur un écrin de saphir (*confer* la littérature du dépliant).

– T'as vu ? s'ébaubit-il. Les Cheychelles, c'est rien qu'des îles ! Et puis entourées d'eau, en plus !

Le Boeing effectue un long virage au-dessus de Mahé afin de se présenter dans l'axe de la piste. Cette île est la plus vaste et la plus habitée du minuscule archipel : le quart de la Camargue et la population d'Arles, pour te donner une idée. Mais t'es tellement crasse en géographie que j'ai l'impression de lissebroquer dans un tambourin.

A genoux sur la banquette de devant, un grand boutonneux, en short trop ample pour son bigoudi confit lové sur deux cerises à l'eau de vit, filme par le hublot. Pour être bien sûr de faire chier ses potes au retour des vacances, il agrémente ses images d'un commentaire bouillonnant d'originalité :

« Nous survolons actuellement le morne seychellois qui culmine à près de mille mètres et tombe à pic dans l'océan Indien. C'est au sommet de cet escarpement qu'il fait le plus froid dans l'année : vingt-deux degrés un soir d'orage au plein cœur de l'hiver, mais n'oublions pas qu'à l'équateur il n'y a pas de saisons. La végétation, tressée dense autour d'impressionnants rochers de granit drapé, balaie un camaïeu des verts les plus tendres jusqu'aux plus sombres. Les touches des toitures de tôle rouges, jaunes et bleues transforment la mélodie de la verdure en véritable symphonie... »

Tu mords comme il écrit colorié, lui aussi ?

Un coup d'œil par mon propre œil-de-bœuf : dans son lyrisme, ce cul-d'ail est bien en dessous de la réalité pour ce qui est de la somptuosité du paysage.

Nous débarquons par l'arrière de l'appareil. Tue-Dieu cette claque de chaleur ! T'as l'impression d'être entré dans ton four à pyrolyse pour vérifier la cuisson de la pizza !

Sa Bombance se met à ruisseler comme ta légitime quand elle cesse de penser à toi.

– Putain, quel cagnard ! rouscaille-t-il.

– Et il n'est que sept plombes du morning. Mais rassure-toi, tu vas t'habituer.

Au bas de la passerelle, nous sommes accueillis par un délégué de l'ambassade de France, asiate sur les bords et vif comme une bille de flipper. Il me branligoche chaleureusement la pogne jusqu'à me démancher l'omoplate.

– C'est un honneur pour moi de vous recevoir, commissaire San-Antonio, vous qui représentez l'ordre, la justice et la France avec tant de sagacité, vous qui avez connu tous les honneurs sans jamais vous départir de votre modestie, vous qui avez donné le goût de la lecture à tant des nôtres qui sans cela aujourd'hui seraient anarphabêtes...

Bon, d'accord ! Il a des loupés d'orthographe, mais comment en vouloir à un serf viet qui lustre si promptement les pompes de ta gloriole ?

– ... Vous, San-Antonio, qui avez appris à des générations d'adolescents, qui devinrent un jour des adultes, à se brosser les dents dans le bon sens, à respecter les valeurs républicaines tout en les considérant avec circonscription (*sic*). Vous qui nous enseignâtes la brouette mongole, le tabouret marocain et le pédalo de Zanzibar, lesquelles positions agrémentent encore nos longues soirées d'été. Vous...

– ... qui passez sans me voir ! intervient Son Éminence tendance calbute. Pourquoi qu'vous lui astiquez les ribouis, à mon supérieur ? Il est pas canné, que j'saurais, ni amputassé des cinq membres ? Les paniers gyriques, c'est réservé en priorité aux invalid' de guerre, aux aveug' civils et aux femmes en cintre accompagnées d'un enfant d'moins d'trente ans !

L'attaché ne se laisse pas déconcerter d'un iota. D'un air détaché, il décore mon collègue d'un collier de fleurs de frangipanier et lui fait péter une bise sur chaque couperose.

– Nous ne vous oublions pas, cher Alexandre-Benoît Bérurier, vous qui avez servi la police française avec un dévouement inégalé, qui avez failli mourir tant de fois pour les plus nobles causes. Vous qui représentez l'ami idéal, fidèle et courageux. Vous dont les flatulences sont devenues légendaires et qui fûtes même ministre des Intérieurs sous la férule de notre irremplaçable François Mitterrand...

– Abrège, l'asticot ! exhorte l'Impétueux. J'ai

une envie de chier qui tiendrait pas dans un Canadair.

Réagissant au quart de tour, le diplomate nous tend deux passeports.

– A partir de maintenant, explique-t-il, M. San-Antonio s'appelle Antoine de Crosne et M. Bérurier Alexandre Dugras. Pour les gens du pays, vous êtes deux comédiens français. Hormis quelques touristes hexagonaux qui pensent davantage à tartiner leurs coups de soleil qu'à épier leurs contemporains, personne ne se posera de questions. Aucune vedette de chez nous, Zidane excepté, n'est connue par ici. Même Johnny Hallyday pourrait s'y balader incognito. On se demande d'ailleurs pourquoi lui et ses pareils s'obstinent encore à se faire traquer à Saint-Tropez.

Il nous désigne une jeune femme en retrait de notre groupe et nous invite à nous rapprocher d'elle. Je l'ai reluquée au premier coup de saveur, cette mousmée, tant elle est gaulée canon. Marie-José Pérec, en comparaison, ressemblerait à une catcheuse de foire. Pantalon de lin anthracite, chemisier de coton noir, elle a la peau si black qu'en portant des lunettes de soleil tu pourrais lui marcher dessus par inadvertance.

– Je vous présente le capitaine Constance Séraphin, poursuit le représentant de notre chère patrie. Les autorités seychelloises l'ont préposée à votre sécurité. Elle sera votre guide et une précieuse auxiliaire dans toutes vos démarches.

Béru s'attrape le bide à pleins bras.

– Est-c'qu'elle pourrait déjà m'trouver un vateur-closed ? Et vite, ça presse !

Réquisitionnée de toute urgence, une hôtesse entraîne Sa Triperie vers les cagoinsses de l'aéroport. Trop tard ! Sentant venir la salve, Alexandre pose culotte et coule sur le tarmac un bronze digne d'une sculpture de Botero.

Il se torche avec la une de *l'Équipe* de vendredi dernier, se rajuste et pousse un ouragan de félicité.

– Haaaa ! C'est pas que ça enrichisse, mais ça soulage ! Z'inquiétez pas, a'ec les mouches, les cancrelats et aut' saloperies d'votre patelin, dans dix minutes mon colombin s'ra ratiboisé et on pourra manger par terre comme sur la nappe d'un cinq z'étoiles !

*
* *

Un quatre-quatre nippon nous emmène à vive allure de l'aéroport en direction de la capitale, Victoria, par le seul brin d'autoroute de l'île, quinze kilomètres de bitume mi-fondu déroulés sur le comblement de la lagune. Un nuage menaçant s'est massé au sommet de la montagne, mais, côté mer, le soleil continue de cogner.

L'attachié d'embrassade (qui se nomme Chi-Minh) pilote sans se départir de sa volubilité. Sur le siège passager, Constance, la belle Seychelloise, ne pipe, hélas, mot. On pourrait même croire qu'elle fait un chouya la gueule. On m'a prévenu que, contrairement à d'autres îliens des mers du Sud, les autochtones n'étaient guère démonstratifs mais pouvaient néanmoins se montrer sympa pour peu qu'on sache les amadouer. En attendant, j'apprécie à leur juste valeur le grain café de sa peau, son chignon décrêpé, la majestueuse gracilité de son cou.

Béruzan la Banane s'est endormi à mon côté, la gueule ouverte comme une carpe n'ayant plus rien à rajouter. Un filet de bave dégouline de ses babines sur le plastron de sa limouille qui arbore les reliefs de son plateau-repas.

Chi-Minh m'explique que notre pays autant que le gouvernement seychellois tiennent fortissimo à ce que le mystère entourant la disparition de Jean Ballatouva soit élucidé au plus vite. Ce genre de fait divers n'est jamais bon dans un pays qui vit en majeure partie du tourisme.

– L'équipe du tournage doit arriver demain avec tout le matériel par avion spécial, précise-t-il.

– Les acteurs, les techniciens, les machinos sauront bien que nous ne sommes pas du métier.

– Ils auront été briefés par le service des affaires culturelles. Ceux qui ne joueraient pas le jeu verraient leur contrat résilié et seraient expulsés. Je vous le répète : il faut retrouver Jean Ballatouva. Vivant, de préférence.

– Pourquoi tant de zèle ? m'étonné-je. Chaque fois qu'un citoyen français disparaît en terre étrangère, on ne rameute pas ainsi le ban et l'arrière-ban.

Le débridé me jette un regard écarquillé dans le rétroviseur.

– Franchement, je n'en sais rien. Son Excellence m'a simplement dit qu'il s'agissait d'une affaire d'État. J'obéis. Et je suppose qu'en tant que fonctionnaire, vous allez faire de même.

Je me le tiens pour ? Dit ! Tu l'as dit, bouffi.

Avant l'entrée de la ville, la grosse caisse bifurque sur la droite et s'emmanche dans la zone portuaire.

– Où va-t-on ?

– Prendre le *Kat Coco*, on a retardé son départ pour vous ! rétorque Constance, prouvant ainsi que non seulement elle parle mais qu'en outre elle s'exprime dans l'excellente langue de Corneille, l'auteur du *Cid bouché*, prétend Béru).

– Un bateau ?

– Un hydroglisseur. Dans une heure nous débarquerons à Praslin, ajoute-t-elle. Secouez votre collègue et dites-lui qu'il existe des toilettes à bord. Nous ne sommes pas un pays de sauvages.

Chi-Minh se gare sur l'embarcadère. Quelques deux-mâts en partance pour des îles éloignées achèvent d'être chargés par une kyrielle de Noirs et de mulâtres taillés pour la N.B.A. Ça rigole et ça vocifère dans une langue dont les sonorités me semblent plus proches du carioca samba que de notre créole doudou. Pourtant, d'après le guide que j'ai ligoté dans le zinc, le seychellois est bel et bien une langue franchouillonne.

Un imposant catamaran blanc-bleu n'attend plus que notre transbordement pour décarrer.

– Voilà ! soupire notre chauffeur en me tendant un rectangle de bristol. Je vous laisse entre les mains du capitaine Séraphin. Je vous ai noté mon numéro à l'ambassade, mais vous connaissez la diplomatie ? En cas de coup dur, ne comptez pas trop sur moi.

Le barlu quitte le port et longe un amas d'îlettes enchanteuses et merveilleresses avant d'attaquer la haute mer. A l'horizon, les escarpements de Praslin et de La Digue se découpent dans les brumes de chaleur. J'essaie d'engager la conversation avec Constance, mais la *black beauty* se contente de répondre de façon lapidaire à mes questions. Je suppute qu'elle en a gros sur la patate de devoir accepter la collaboration d'enquêteurs étrangers dans une affaire qu'elle estime relever de sa propre juridiction. J'ai beau lui balancetiquer mon œillade 68 bis, celle réservée aux assistantes sociales, greffières de tribunal et préposées aux contrôles fiscaux, rien n'y fait. Y a des ratés dans le carburo de ma séduction. Mon charme légendaire n'opère pas davantage sur elle que sur une tranche de foie de génisse. Ma peau est peut-être trop pâlotte pour la sienne ? Quand t'es habitué à croquer du chocolat noir, le blanc te paraît fadasse, admets. Si ça m'agace qu'une fille me résiste, je déteste encore davantage qu'elle m'ignore. Dommage ! Moi, elle m'irait comme un gant à enfiler sans modération, cette petite. Tu parles, la frangine de Naomie Campbell, faudrait être chipoteur pour la laisser sur le bord de l'assiette !

J'apprends néanmoins par sa bouche pulpeuse quelques renseignements non négligeables sur la disparition de mon copain Jean Ballatouva et de sa prof de plongée. Je te les livre en vrac, tels que je les ai griffonnés sur mon calepin noir :

- Balla logeait à l'Eden Palm où nous serons hébergés ainsi que toute la troupe du tournage.
- Le personnel de l'hôtel ignore la disparition de l'acteur. Officiellement, il passe quelque temps à Mahé.
- Sa monitrice de plongée s'appelle Virginie

Saint-Paul. Nationalité belge. Elle a monté avec un Seychellois une école de plongée sur la plage de Côte d'Or, à deux pas de l'hôtel Eden Palm.

- Elle a une fillette de trois ans avec cet associé et mari, un type surnommé Calebasse qui est également en charge du relevé des compteurs électriques.
- Le bateau sur lequel se trouvaient Jean et Virginie semble avoir été brutalement éperonné par une autre embarcation.
- Le coussin taché de sang trouvé à bord ainsi que des échantillons de cheveux des deux kidnappés, récoltés sur les brosses de leur(s) salle(s) de bains, ont été envoyés en Afrique du Sud aux fins d'expertises génétiques.

– Notre pays ne compte que quatre-vingt-cinq mille habitants, croit bon de préciser Constance, et les crimes y sont trop rares pour justifier la création d'un laboratoire de police scientifique.

– Soyez sans complexes ! Je trouve qu'en une semaine vous avez déjà abattu un travail remarquable.

Pour la première fois, Constance me regarde comme si j'existais ailleurs que dans un monde virtuel. Ses yeux, pareils à deux éclats d'anthracite embrasés, semblent soudain me découvrir. Mais elle ne me gratifie pas pour autant de l'esquisse d'un sourire.

Alors je pars à la recherche du Contrepéteur Amiral. C'est naturliche au bar que je le retapisse. Quand je parle de bar, ne t'attends pas au Cintra ni au Harry's. Trois caisses empilées de Seybrew, la binoche locale, suffisent au bonheur des passagers du *Kat Coco*. Moyennant douze roupies (environ deux euros, c'est pas cadeau !), un mataf décapsule une canette d'un revers de machette et te la fourgue bien tiède et baveuse.

Vu les cadavres qui s'accumoncellent autour de lui, le Gravos n'en est pas à sa levée de coude d'essai. Le voilà en converse animée avec un vieux zigue au faciès négroïde mais à la peau très claire. L'homme porte une casquette prince-degalles, un pantalon beige, une chemise blanche avec une ceinture de flanelle grenat en guise de sous-ventrière. On le dirait évadé d'une autre époque.

Béru me le présente à grand renfort de superlatifs. Selon lui, son nouvel ami est le plus ancien et le plus réputé de tous les chauffeurs de taxi de Praslin. Son blaze, c'est Gilbert, mais tout le monde l'appelle « Sir », because son élégance naturelle, son autorité sans faille et sa gapette de golfeur. Il rentre de Mahé où il est venu réceptionner une pompe à injection pour sa vieille 305 SRD. Qualité suprême, Gilbert récolte le jus des cocotiers pour le transformer en *calou*, le vin de palme du cru, un breuvage qui décape le cambouis, déchausse les dents et t'effeuille les ongles de pied.

Tope là ! Rendez-vous est pris pour une dégustation dudit breuvage. Dégustation à l'aveugle, s'entend, vu que si la cécité ne t'a pas frappé avant la consommation, elle ne te ratera pas après.

Alexandre m'attire à l'écart et me chuchote dans le creux des portugaises :

– Ce mec était l'chauffeur perso de Ballatouva d'puis son arrivage dans l'île. S'lon d'après lui, ton pote tirait sa prof d'plongée. Ça plaisait pas forcément au cocu. J'sus bien placé pour l'savoir, même si moive j'm'en branle que Berthaga préfère l'agace-cul d'Alfred à ma baratte pour beurre déchiré ! Si tu voudrais mon avice, l'affaire est résolvée : l'mari prend ombrelle d'l'infidelcastrée d'sa nana, il assomme les z'amants, les flanque à la baille et un barracoudé les bouffe en deux coups les grosses ! Mort-alité, tu r'files le tuyau à la fliquette de zan, on chope l'premier zinc pour Pantruche et j'retrouve ma Lucette ! J'l'épouse, j'lui cloque deux ou trois marmots dans la foulée. J'déshérite mon immonde vachasse et mon fils Apollon-Jules qui m'coûte plus d'argent qu'i m'rapporte de tendresse. Et pis j'vivrai z'heureux jusqu'à la fin des jours d'ma vie !

– Hélas ! tu négliges un petit détail, Bonhomme de Graisse, et qui change tes projets. Jean Ballatouva m'a appelé des Seychelles hier matin. Il n'a donc pas péri en mer. Mais je suis convaincu qu'il parlait sous la contrainte. Il faut retrouver la maison où il était séquestré. C'est notre seule piste, et une piste ignorée des autorités seychelloises.

Maussade, Son Altesse Tropicale débouche une bibine avec ses dents, recrache la capsule plus une esquille de son râtelier.

– Bon ! Pus'que c'est comme ça, on va faire autrement, grince-t-il, énigmatique. Sans vouloir t'commander, tu pourrais m'prêter ton portab' ?

Chapitre septième

Dans lequel mon enquête seychelloise prend d'emblée un tour mystérieux

Après une nuit plié en quatre dans un aéronef, y a rien de tel qu'une douche cinglante pour vous requinquer un homme d'action. Je pousse même la chansonnette en braillant à tue-tête : « Il suffirait de presque rien, peut-être dix années de moins... » – le tube de notre regretté Reggiani, sur un rythme revisité par Sanseverino.

Je m'attarde cinq bonnes minutes sous le jet frénétique mais tiédasse. Dans ces contrées, la flotte sort des nappes phréatiques à une température néphrétique. Encore ruisselant, je me jette sur le pucier qui couine sous la charge de mon olympique nudité. Je coupe alors l'enregistrement de mon minimagnéto numérique.

Va pas t'imaginer que je répète en loucedé

pour la prochaine « Star Ac ». J'ai une bien autre idée derrière la calbombe.

Le temps d'enfourner coquette dans un bermuda assorti à la profondeur de mon regard, de rafler mon portable, une poignée de roupies, et je dirige mes nu-pieds vers la plage.

L'hôtel Eden Palm est constitué de bungalows disséminés dans une vaste cocoteraie coincée entre le chaos granitique de la colline et l'océan d'un bleu de méthylène, le tout décalqué sur une carte postale.

Les tons bois et vert des constructions se fondent dans le paysage. Chaque baraque comporte deux chambres avec salle de douche et une terrasse couverte que l'on appelle ici une varangue. Comme par hasard, Constance Séraphin occupe la piaule contiguë à la mienne. Si je passais Zébulon à travers la cloison, sûr que la jolie capitaine aurait encore de quoi se distraire les muqueuses.

Béru loge dans un bungalow à l'autre bout de la palmeraie, ce qui n'est pas forcément une mauvaise nouvelle.

Construite sur piloris (le Gros *dixit*) en avancée sur la mer, la salle de restau est une chouette bâtisse ouverte aux quatre vents, un cinquième étant à craindre dès l'arrivée du Mastard. Charpente de troncs exotiques entrelacés, couverture de coco de mer, le chaume local, ventilos à tous les étages. Conforme à la brochure.

Une armada de serveuses dressent le couvert pour midi à quatorze heures. Les fines lianes comme les doudous triple cul sont affublées du même uniforme kaki de kapo.

Je me juche sur un tabouret du rade et commande un jus de passion et mangue fraîches au barman, un albinos qui ressemble à une charlotte aux fraises coiffée d'une omelette norvégienne. Tandis que le gus s'active avec des gestes d'horloger suisse sous tranquillisant, je compose le numéro de mon burlingue. Avec le décalage horaire, il est encore tréteau sur le théâtre d'opérations du Quai des Orfèvres de la Saint-Éloi ; je tombe pourtant sur l'indéfectible Pinaud.

– Salut ma vieille Baderne, déjà à pied d'œuvre ?

– J'ai dormi sur place, dans mon fauteuil Voltaire. Enfin, dormi, c'est beaucoup dire : j'ai pas fermé l'œil. Tu n'es pas sans savoir que le dimanche, l'administration fait appel à des réservistes contractuels ? Figure-toi qu'hier soir, le brigadier de service était une brigadière. Pas de toute première jeunesse, je te l'accorde, mais bien plantureuse pour un planton. A cinq ou six reprises, elle est entrée dans le bureau pour me transmettre des messages. Et à chaque fois ses gros nichons frottaient contre mon avant-bras. A force, j'ai fini par connaître une vague érection. Elle s'en est aperçue, la gueuse, et s'est répandue à mes genoux. Elle m'a sucé pendant trois heures en se fouissant l'entrecuissot. Quatorze fois elle a joui avant de m'arracher une larmichette de sperme. Je suis sur les rotules, mon petit. Il ne fait pas bon vieillir, crois-moi. A mon âge, toutes les filles on les baiserait bien, mais on les baiserait mal. Enfin, ce matin, le brave brigadier Poilala a repris son office, je suis tranquille... A moins qu'il n'ait viré pédé pendant la nuit !

Je savoure une gorgée de mon cocktail de fruits, complimente le nègre blanc d'un pouce admiratif et en reviens à mon inénarrable Pinuchet.

– Allons droit au but, ô César. Si Miss Pompée rappliquait à tout bout de champ, c'est qu'elle avait des infos à te communiquer. Tu pourrais me les faire partager ?

– En effet, Antoine. Malgré la faiblesse des effectifs de ce week-end et grâce à une opiniâtreté de tous les instants, je suis en mesure de te dévoiler certains éléments qui ne seront pas sans t'étonner...

– Hoho ! m'impatienté-je, tu ne vas pas mettre aussi longtemps à envoyer ton rapport que ta petite purée ? Je t'écoute à deux euros la minute, alors compacte !

– Il y a du nouveau dans l'affaire Troipardeu. Le légiste est formel : Ilmäa Nikkelkuu, le clown assassin, n'est pas mort asphyxié.

– Je m'en doutais.

– Il a certes inhalé une certaine quantité de gaz de ville. Mais auparavant on lui avait fait ingurgiter une dose énorme de somnifère mélangé à de la vodka...

– Dans l'hypothèse d'un suicide, il a pu se confectionner lui-même cette mixture.

– Oui. Seulement, en paquet cadeau, quelqu'un lui a matraqué la tête. Il a agonisé inconscient à feu doux dans son four.

– Si tu veux mon opinion, il n'a pas tué

Troipardeu. C'est un autre clown qui a opéré et on lui fait porter le bitos. Il n'était pas brûlé au ventre. Il aurait dû. Vois sa concierge, tu la trouveras au troquet d'en bas. Paye-lui un Martini et fais-la jacter. Malgré sa biture endémique, elle a l'œil vif. Elle aura sûrement retapissé l'assassin du clown...

– A moins que cet assassin ne se soit pointé dans l'immeuble... déguisé en clown identique. Elle l'aura pris pour Ilmäa.

– C'est pas con, ce que tu dis... Autre chose ?

– Oui. Mlle Brancoche, la fille butée chez la copine de Béru, était une gamine sans histoire. Vingt-trois ans, étudiante à la fac de Nanterre, elle couchait chez papa-maman. Pas de liaison connue, aucun antécédent judiciaire, une vie rangée...

– La balle m'a effleuré le museau, elle a frisé Béru. Je pense que la cible était l'un de nous deux.

– Possible. Cependant, vous naviguiez dans cette pièce depuis plusieurs minutes. Pourquoi le tueur aurait-il tant attendu ?

– On se présentait peut-être sous un mauvais angle. Du nouveau sur ce flingueur ?

– Des témoins ont identifié le véhicule depuis lequel il a tiré. On l'a retrouvé tout près, au coin de l'avenue de Saxe. Il s'agit d'un taxi.

– Un taxi volé ?

– Presque : un faux taxi, volé au même endroit que la fausse camionnette de flics.

J'avale mon jus exotique de traviole.

– Sur le même tournage ?

– Exactement.

– Gérald Troipardeu était-il impliqué dans ce film télé ?

– Non, mais les comédiens et techniciens le connaissaient bien. Ils avaient un jour ou l'autre travaillé avec lui. La plupart le haïssaient joyeusement. L'un d'eux a peut-être souhaité régler des comptes. On va vérifier les alibis de tout ce joli monde.

– D'accord ! Mais quel rapport peut-il exister entre le meurtre de Troipardeu et l'exécution de cette Miss Brancoche ?

– Le seul lien, a priori, c'est vous, les enquêteurs, qui représentiez un danger pour le vrai coupable.

– Donc, on aurait bien essayé de nous éliminer.

– Il faut croire.

– C'est stupide. Les flics sont comme les morbacs, quand t'en écrases un, y en a plein d'autres qui s'accrochent ! Alors accroche-toi, Pinuche, et résous-moi cette affaire.

Je coupe la communication et tend un bifton de cent roupies au lapin russe.

– Tiens, mon gars, encaisse la conso et garde la monnaie.

– Les touristes doivent payer en devises, monsieur.

– J'suis pas touriste, fais-je en m'éloignant.

Sur le chemin de mon bungalow, je croise un jeune rasta baraqué avec les tifs rassemblés en bouse sous un bonnet de laine tricotée aux couleurs de la Jamaïque. Il a le regard en code, l'effigie de Bob Marley sur le t-shirt et un coquillage à la main. Il me le tend.

– Zolie porcelaine, m'sié ? Souvenir Seychelles...

Il jette un œil alentour et baisse le ton.

– Changer devises, m'sié ? Je donne neuf roupies pour un dollar et dix pour un euro.

Devant mon manque d'enthousiasme, il sort sa botte secrète.

– De l'herbe, m'sié ? Qualité supérieure. Dix dollars le sachet... Je peux aussi avoir des filles ou des jeunes mecs. Tout ce que tu veux. Suffit d'appeler Momi, tout le monde me connaît.

Je m'apprête à l'envoyer aux pelotes lorsque Constance Séraphin surgit d'un buisson d'hibis-partou troudufolié. Elle happe le dealeur (midi moins le quart) par un brandillon et le pousse avec rudesse.

– *Sorti la ! Pa donn touris gren !* (Dégage ! Casse pas les pieds aux étrangers !)

Le marchand d'extase doit connaître les hautes fonctions de sa compatriote car il bat en retraite sans rouscailler. Saisi d'une de ces fulgurantes intuitions qui me différencient d'un poulaga tout-venant, je lui adresse dans le dos de la fille un petit roulement d'index pouvant signifier : on se reverra plus tard. Il m'accuse réception d'un imperceptible rictus et disparaît dans un bosquet de tapiocas ornementaux.

– Vous me surveillez, capitaine ?

– Je veille sur vous, commissaire. Méfiez-vous de ces petits malfaisants. Ils ont l'air de combinards minables et inoffensifs, mais quand ils sont en manque, ils décapiteraient leur propre mère à coups de machette pour une barrette de shit. Ici, on les appelle les « nuisances ».

– Merci du conseil, dis-je, soucieux de m'attirer ses bonnes grâces. Vous avez vécu en France pour maîtriser aussi bien notre patois ?

– J'ai fait mes études à Montréal.

– Tout s'explique. Et si on visitait la chambre de Jean Ballatouva ? coq-à-l'âné-je.

– A quoi bon ? Nous avons déjà tout fouillé, effectué les prélèvements nécessaires et mis sous scellés dans le coffre de l'hôtel ses papiers, son argent, ses cartes de crédit, son portable et sa montre.

– J'aimerais quand même jeter un œil.

La môme me virgule une mimique de fausse navrance.

– Désolée, la police locale a condamné la porte avec un cadenas dont je n'ai pas la clé.

Sans rien montrer de ma déconvenue, je triture l'ami sésame au fond de ma poche.

***

En pivotant, le battant à claire-voie laisse filtrer des zébrures de soleil dans la pièce. La piaule est la copie conforme de la mienne. Pas difficile de s'y orienter.

Pour effracter le cadenas officiel, j'ai attendu qu'elle aille se grailler un poiscaille grillé au bar de la piscine, la belle Constance. Malgré la sienne (de constance) à me marquer au bermuda, elle n'a pas résisté à l'appel de son estogom. Dans les patelins en voie de développement, la bouffe est le souci premier de la populace. Et puis le cul vient juste après. Moi, je suis assez d'accord avec cette vision élémentaire des fonctions physiologiques. Parce qu'en fin de compte, se remplir la caillette et dégorger le poireau, ça suffit à meubler correctement une existence.

Regrettable que notre civilisation ait tout compliqué. Il a fallu qu'on se prenne les pieds dans le tapis de la société de consommation pour qu'on commence à se peler l'oignon avec d'autres préoccupations comme les lampes halogènes, le cours du Dow-Jones, la dernière expo de Dubuffet, les régimes sans sel, La Celle-Saint-Cloud, l'internet haut-des-bites, le lait écrémé, les verres progressifs, la machine à espresso, la thalasso, les thérapies de groupe, l'appareil à raclette, la lune de miel sur Mars, l'épilation électronique, « le Maillon faible », le CNRS, le slip sans couture, les points retraites, le four à micro-ondes, la Gauloise blonde, le festival de Cannes, la proctologie, le P.A.C.S., le conditionnel passé deuxième forme, la fête des Paires, les étoiles au Michelin, la cravate de notaire, la bière sans alcool, l'urinoir à pédale, l'après-shampoing démêlant, l'alcootest, le célibat des prêtres, la « Star Académie », le cirage incolore, l'anesthésie péri-du-râble, le 14 Juillet, le vérin hydraulique, le coton-tige, le Minitel rose, la moissonneuse-batteuse, le caleçon fourré, la Gay Pride, les R.T.T., et les inventaires improvérisés par un flic déconcerté.

Crainte de me faire gauler en fragrance du lit, je bouste ma perquise. Tu me connais ? Je suis capable de discerner deux qualités de poils du cul dans un même bidet. Seulement ici, il n'y a pas de bidet et mon pote était du genre à épiler les foufounes avec sa langue puis à déglutir le produit de sa moisson.

Je visite sa penderie. Toujours aussi amateur de costards à paillettes, l'ami Balla. Tout pour la frime et la parade. Dans une poche, je dégote quelques brins de tabac, les renifle. Comparée à mon pif, la truffe d'un pointer c'est la vision d'une taupe rapportée à un œil de lynx.

Sniff, sniff ! Ce couillon n'avait pas abdiqué la fumette. Je parierais gros qu'il a eu des contacts avec mon rastafari (ne pas confondre avec : reste Raffarin). Raison de plus pour l'entreprendre entre quat-z-yeux à la première occase, l'homme de la Jamaïque.

La suite de la visite est aussi monotone que ton quotidien. En dehors des fringues et d'une photo de lui en combinaison de plongée entre une jolie blonde et un grand Black, probablement le célèbre trio de vaudeville – le mari, la femme et l'amant –, tout est impersonnel au possible dans cette turne. Une télé d'hosto accrochée au plaftard, deux chaises en bois d'arbre, un plan de travail agrémenté d'une lampe en rotin, un dépliant vantant les mérites de l'hôtel, un stylo-bille écrivant vert et un bloc de papelard à en-tête de l'Eden Palm. Réflexe poulardin : je l'effeuille pour m'assurer de sa virginité et vérifie que la première page ne porte pas l'empreinte d'un texte tracé sur le feuillet précédent.

Na pa na ryen, comme on dit en créole – je ne te ferai pas l'injure de traduire.

Inutile d'ouvrir le paddock ; connaissant mon zèbre, je sais que j'y découvrirai quelques cartes de France et des pays limitrophes.

Une bible sur la table de chevet et un annuaire sous le téléphone complètent la panoplie attendue dans ce genre d'établissement. Par acquit de conscience, je les feuillette néanmoins en laissant défiler les pages sous mon pouce. Dans le *phone-book*, je remarque une feuille cornée. Celle des pages 93 et 94. En haut de la première, un certain Vidot, A. débute la liste. La suivante s'achève sur un dénommé Woodcock, M. Entre les deux, environ quatre cents noms répartis en trois colonnes.

Une exaltation proche de la danse de Saint-Guy me gagne. Bien sûr, l'annuaire datant de 1999, ce coin de page a pu être plié par l'un des vacanciers qui par centaines se sont relayés dans cette chambre. Pourtant, je sens que Ballatouva l'a lui-même cochée. Quand le farfadet qui agite mes pensées crie au feu, ça veut dire que je brûle.

Je dégaine mon portable et recherche le numéro de bigophone d'où m'a appelé le comédien dimanche matin. Je l'immortalise dans ma tronche et entreprends de le comparer à ceux de la page d'annuaire. Tous comportent six chiffres imprimés par groupes de deux. Le mien commence par 23. Dès la première colonne, j'acquiers la certitude qu'il s'agit d'un numéro correspondant à une adresse de Praslin. Bon signe.

Soudain mes tempes palpitent et ma vue se brouille. Mon cerveau a percuté avant ma rétine : 23 29 98, c'est bien lui. Touché et dans l'ordre !

« Villa Vilea, Baie Sainte-Anne, Praslin. »

C'est de là que Jean m'a appelé il y a un peu plus de vingt-quatre heures. Et s'il s'y trouvait encore ?

Je mémorise l'adresse et remets l'annuaire en place sous le téléphone qui se fout à grelotter, comme déclenché par mon magnétisme.

J'hésite à répondre. Quelqu'un de la réception a-t-il observé mon intrusion ? Je sais qu'ici les frondaisons ne sont pas miraudes et que les Seychellois possèdent l'art et la manière de lorgner leurs congénères. Bien sûr que ce n'est pas raisonnable, mais ignorerais-tu encore ma curiosité maladive ? Plus fort que moi, je décroche.

– Monsieur Ballatouva ? demande une voix gutturale lestée d'un indéfinissable accent.

– Mmmm ! acquiescé-je sans trop me mouiller.

– Je n'arrive pas à vous joindre. Pour quelle raison ?

En une fraction de seconde, je me remémore et m'approprie le timbre grave et onctueux de mon ami. Pas le temps de prendre des cours du soir avec Patrick Sébastien ou Laurent Gerra pour l'imiter. Il faut plonger.

– J'ai eu des petits problèmes personnels.

Un silence. Ma contrefaçon doit être plausible, car le type enchaîne :

– Et vous êtes toujours d'accord ?

– Toujours.

Un long et gluant temps mort. Ai-je gaffé en répliquant avec un tel aplomb ? Je retiens ma respiration pour ne pas révéler mon stress.

– Parfait, reprend enfin mon interlocuteur. Sachez que je n'admettrai aucune nouvelle surenchère. Je débarque à quinze heures au port de Baie Sainte-Anne par le *Silhouette*, le bateau qui arrive de La Digue. Si vous avez la mallette, j'aurai de l'argent pour vous. Sinon, j'aurai du plomb.

Il coupe la communication. En dépit de la menace bien moins voilée que la maman de Ben Laden, j'ai le cœur en fête. On dirait que ça remue, non ?

Ma clepsydre de poignet proclame treize heures trente. Il me reste peu de temps pour agir.

J'évacue le bungalow après m'être assuré que la voie est libre. Je referme soigneusement le cadenas quand une paluche s'abat sur mon épaule. Je pivote sur les talons et me retrouve face à Momi, le rasta.

Le dealeur a ôté son maillot *Bob Marley* et l'a noué autour de sa taille, exhibant ses biscotos longilignes et des tablettes de chocolat luisantes de sueur.

– *Ki dir mon dalon ?* (Comment ça va, mon ami ?), me lance-t-il, rigolard. Tu t'es trompé de chambre ?

– Tu tombes bien, je te cherchais, éludé-je.

Je lui refile tout à trac une liasse de mille roupies, l'équivalent de cent cinquante euros trébuchants et sonnants, la roupie sans sonner étant depuis sa création alignée grosso modo sur notre franc déjà presque oublié.

– Dix sachets ? se méprend-il. Tu fumes beaucoup, toi.

Je lui conseille de remballer sa daube, d'engranger les biftons et de m'écouter attentivement.

– Tu as un bateau ? lui demandé-je.

– Pas encore.

– Tu peux en trouver un ?

– Bien sûr.

– Tout de suite ?

– Maintenant même.

– Il faut combien de temps pour se rendre à l'île de La Digue ?

– Demi-heure.

– Parfait. Alors voilà ce que tu vas faire...

Chapitre huitième

Dans lequel je barbote en eaux troubles au risque d'avaler le bouillon d'onze heures

Tu materais le gars Béru, t'en choperais une crise d'apoplexie. Il porte un ensemble boxer short-chemise hawaïenne à larges fleurs mauve et rose acheté à la boutique de l'hôtel. Il a conservé ses chaussures de ville éculées ainsi que ses chaussettes grimpantes becquetées aux mites et dépareillées. Un chapeau mou de feutrine et une paire de lunettes solaires orpheline du verre gauche complètent sa silhouette.

Serviette de table nouée autour du garrot, il dévore sa cinquième pizza en trois claps de mâchoires, se barbouillant le groin de ketchup jusqu'aux sourcils. Il s'essuie les doigts après la nappe, achève sa carafe de rosé au goulot, chiffonne sa serviette en boule et la balance sur la table voisine. Il largue dans la foulée une caisse et un rot pour s'assurer du bon fonctionnement de sa tuyauterie. Satisfait, il s'étire, ce qui occasionne la fendaison de sa limouille au milieu du dossard.

Non loin de là, Constance observe la scène avec une moue d'écœurement. Elle s'est installée de manière à ne jamais perdre de vue la porte de mon bungalow. Lors de mon escapade chez Ballatouva, j'ai été bien inspiré de dégager puis de revenir par la fenêtre de ma salle de bains.

– J'ai briffé léger bicoze mon pote Gilbert, le taxi, vient m'chercher dans dix broquilles, m'explique le Gravos. On va siroter tout'les spécialités du pat'lin : le *calou*, le *baka* et la *purée* ! Des drôles de blazes pour d'la picole, mais vach'ment fâmeux, c'dont y paraît. N'en plus, sa femme a préparé une jaffetance typiqu'ment typique, avec du requin, d'la tortue et d'la chauve-souris. J'en ai les pupilles qui jouissent d'avance !

Je dodeline vers lui et murmure à la façon d'un ventriloque :

– Profite que tu seras avec ton chauffeur de

bahut pour te rencarder sur la villa Vilea. Je veux tout savoir sur cette baraque : son emplacement exact, l'identité de ses proprios, leurs habitudes, la liste des gens qui la fréquentent... Villa Vilea, tu te souviendras ?

– Tu penserais-t-il qu'j'ai du vol-au-vent dans la boîte crâneuse ? fait-il, sincèrement offusqué.

Je le rassure d'un clin d'œil fraternel.

– Véridique ! bougonne-il, c'manque d'confiance est carrément z'insultant !

– J'ai l'impression que les cours du soir de ta Lucette commencent à te faire défaut.

– Me r'mue pas l'croûton dans la plaine, si te plaît ! gémit-il, l'œil mouillé.

L'arrivée de Sir Gilbert dans le *pool bar* apaise aussitôt son spleen.

– J'arrive ! lance-t-il.

Il se précipite à sa rencontre, bousculant tout sur son passage.

Constance marque une brève hésitation. Dans sa ravissante petite tronche d'ébène, elle se demande si elle doit filocher le gros lard dans sa bordée ou rester accrochée au maillot (bien garni) du séducteur de service. Elle opte hélas pour la seconde solution. Il va donc falloir jouer le coup en finesse. Je m'approche d'elle et lui demande d'un air très décontracté :

– Vous venez vous baigner ? J'ai envie de nager un peu.

Je sais que Miss Coke-en-Stock va devoir refuser car entre sa blouse et sa poitrine, l'une aussi noire que l'autre, on distingue la dentelle blanche d'un soutien-loches. Pour faire trempette, il lui faudrait se rendre à sa chambre pour enfiler un bikini. Donc me lâcher quelques instants la bride sur le cou, ce qui ne semble pas compatible avec la mission qu'on lui a assignée.

Et puis, un beau gosse en caleçon de bain barbotant sur la plage n'est pas bien difficile à surveiller, pas vrai ?

– Il fait trop chaud, objecte-t-elle. Peut-être plus tard.

Je vais te faire un topo des lieux, mon lapin, pour que tu piges au petit poil la manœuvre du gars San-A. Nichée au fond de l'anse, la plage de l'Eden Palm passe pour le havre le plus paisible de la baie. D'autant que la pittoresque île nommée Chauve-Souris l'abrite des vents dominants. Aussi tous les pêcheurs et plaisanciers de Côte d'Or viennent-ils y amarrer leurs bateaux.

Ce détail, tu t'en doutes, n'a pas échappé à ma saga ? Cité ! Bien jeté.

Nonchalant, je m'éloigne sur la plage immaculée dans sa conception. Ici le sable est tant virginal qu'une crique a été baptisée anse La Farine, c'est te dire.

Je glisse un paturon dans l'eau d'un bleu curaçao. Madoué ! Ils ont oublié les glaçons en préparant ce cocktail ! La flotte affiche plutôt la température d'un grog. Toute l'année accroché au zénith, le cagnard cogne dur et la grande piscaille bouillonne.

La grève en pente douce t'oblige à marcher longtemps avant de pouvoir t'immerger, et ça fait partie de mon plan. Je me dirige insensiblement vers la flottille qui se balance dans le clapotis. Des muscadins, poissons nacrés presque translucides, viennent en bancs se frotter à mes moltebocks. Tout près, un couple de Ritals en voyage de noces se tirlipote en gloussotant. Le Casanova au moule-bite explique à sa pintade que s'il retire son doigt, elle coule.

Lorsque les algues commencent à me frôler les baloches, j'estime le niveau requis pour piquer une tête. Inutile de me retourner, je sens les quinquets de Constance braqués sur mes endosses. Si je morfle un coup de soleil, je le devrai plus au laser de son regard qu'aux ardeurs de la canicule.

Quelques brasses coulées, deux, trois papillonnades, et je lance mon crawl des dimanches et jours de liesse. Je slalome parmi les embarcations, plaçant plusieurs écrans entre la rive et moi. Je contourne une vedette jaune citrique sillonnée d'un bandeau noir. Comme convenu, Momi m'attend derrière cette fusée aquatique. Il a pris place dans une barcasse de pêche équipée d'un 25 CV Yamaha déglingué.

Je grimpe à bord, claque la paume du rasta et m'allonge à plat ventre entre les planches tenant lieu de banquettes.

– Allez, go !

Le moteur pétarade, expulsant une giclette de fuel mal combusté.

– T'es certain qu'il va tenir jusqu'à La Digue, ton moulin à café ?

– N'a pas problème.

Je suis étendu sur un filet à sardines devenu, entre deux pêches, la maternité des mouches bleues. Ça chlingue et ça bourdonne sous mes naseaux. La virevoltance de ces bestioles me ramène subitement quelques décennies en arrière. Je me revois mouflet les longs jeudis d'hiver ; je me pelais comme un rat dans ma chambrette de fils unique. A force de me trouver si morose, un jour maman m'a demandé ce à quoi j'aspirais.

« A devenir grand », lui ai-je avoué.

Félicie m'a alors répliqué cette phrase qui trotte encore dans ma mémoire :

« Avant d'être une mouche, il faut avoir été un asticot. »

Et les bloches s'en donnent à cœur joie dans le cul de ce rafiot, crois-moi ! Au point qu'une nausée me soulève l'estom'. Je suis à deux doigts du refile lorsque le rasta me tapote l'épaule et me signale que je peux me relever. On a dépassé l'île Chauve-Souris et plus personne ne peut me voir depuis la berge de l'Eden Palm. J'avale une large goulée d'air pur, puis une chopine de bière que m'offre mon skipper.

Plutôt sympa, Momi, sous ses dehors racaille. Il a respecté notre accord en venant me chercher avec sa barque pourrie et n'a pas oublié le sac à dos que j'avais accroché au fenestron arrière de mon bungalow.

J'y récupère un futal beige et une chemise légère que je passe par-dessus mon maillot déjà sec. Discrètement, je vérifie que mon morlingue se trouve encore dans la poche latérale du havresac et que le commissionnaire ne s'est pas servi au passage. Malin, le môme. Il a pigé qu'il avait plus à gagner en comptant sur ma générosité qu'en me refaisant de quelques talbins. Des clients dans mon genre, il ne doit pas en choper des masses et ça vaut le coup de les chouchouter.

En mer, on évalue mal les distances. Je me retourne sans cesse pour apprécier la progression de notre barlu. J'ai le sentiment que nous restons collés à Praslin et que La Digue demeure sur l'horizon.

Un rien angoissé, je bigle ma montre. Elle proclame quatorze heures pile. L'homme du téléphone m'ayant annoncé son arrivée à Praslin pour quinze heures, c'est vers quatorze heures trente qu'il embarquera de La Digue sur le *Silhouette.* Ma chance, tu l'auras comprite, c'est de le débusquer dès le départ. A l'arrivée, il sera sur ses gardes. En ne voyant pas Jean Ballatouva et sa mallette sur le quai, il se fondra dans la foule et disparaîtra sans que j'aie pu l'identifier.

– Encore combien de temps, pour La Digue ? m'informé-je.

– Bientôt.

– Il faut que je sois au port avant le départ du *Silhouette.*

– Pas tracasser ! Tu vois le bateau, là-bas ?

Il me désigne une chiure de mouche à l'horizon.

– Heu... ouais...

– Lui, *Silhouette* ! Nous capables avant lui à La Digue.

– Parfait.

Je me retourne à nouveau. Les valeurs viennent de s'inverser : Praslin se perd à l'horizon tandis que La Digue se fait de plus en plus proche. Rasséréné, je m'étale sur le banc pour goûter le calme qui précède la tempête.

D'une oreille de connaisseur, j'écoute le ronron pétunant du diesel. Un nuage noirâtre et vaporeux comme une chantilly de crassier passe devant le soleil et nous offre un répit de fraîcheur. Un poisson volant en profite pour faire du radada au côté de notre rafiot.

– On dit que tu es un acteur, c'est vrai ? me demande Momi après s'être allumé une pipe de chichon et m'en avoir proposé une, que j'ai déclinée.

– Exact. Comme Jean Ballatouva.

– Qui ça ?

– Tu le connais, tu lui fourguais de la dope.

– Peut-être. Mais toi, tu fouillais sa chambre.

– Je venais juste voir s'il était là.

– Non, lui pas là. Lui à Mahé.

– Avec Virginie, sa prof de plongée ?

Le rasta hoche la tête, étonné.

– Tu sais beaucoup de choses, toi-même.

– Je sais qu'ils baisaient ensemble.

– Aux Seychelles, on dit *kaple.*

– Baiser, kapler, tac-tac, zig-zig, c'est toujours de la fourrette. T'étais au courant ?

– *Tou dimoun,* ici.

– Même Calebasse, le mari ?

– Mais oui ! Les suivait partout. Les guettait kapler par la fenêtre

– Quelle fenêtre ?

Les célèbres rochers de La Digue, plissés comme des draperies de satin rose sur la praline d'un top-model, se profilent à faible encablure. Le port apparaît, creusé dans la montagne, bariolé de fleurs vives, bordé de cocotiers aux courbes lascives. Si tu raffoles des déserts, du béton ou de la mer de glace, un conseil : va passer tes vacances ailleurs.

– Nous arriver ! annonce Momi, fuyant mon regard.

– Quelle fenêtre ? insisté-je.

– De l'hôtel.

– Me raconte pas de conneries. Il n'y a aucune fenêtre à l'Eden Palm. Juste des persiennes qui laissent courir le vent, mais pas la vue. Où est-ce qu'il les matait ?

– Une maison *private.*

– La villa Vilea ?

Ce n'est plus la surprise qui allume son visage, mais un reflet d'agacement.

– *Ou konn tro nou zafer,* ou ! marmonne-t-il, ce qui, vu le ton, doit signifier un truc du genre : « Toi, mon coco, les oignons dont tu te mêles vont te faire chialer à chaude lance. »

– T'es copain avec ce Calebasse ? poursuiverge.

– Bien sûr, on se bat souvent le samedi au disco avec lui et son cousin Banane.

– Je voudrais le rencontrer.

– Un peu pas facile. Il cache lui-même depuis que Virginie est partie à Mahé avec le Français. Il est *camie*...

– *Camie* ?

– Ça veut dire qu'il a honte.

– Qui s'occupe de leur petite fille ?

– La maman de Calebasse. Normal, chez nous.

Battant d'un souffle le *Silhouette*, nous investissons La Passe, le port de La Digue. Fier de son exploit, Momi parque habilement sa barque devant des gradins de granit par lesquels je débarque.

Je lui demande de retourner à Praslin et de m'y attendre sur le port de Baie Sainte-Anne. Je lui sais gré de ne poser aucune question. Avant de repartir, il me fait remarquer que ces allées et venues consomment un max d'essence et que le carburant coûte praline à Praslin. Manière de le rassurer, je lui promets une grosse prime quand il m'aura ramené à l'Eden Palm. Comme disait un de mes potes, producteur de cinoche : donne ta parole d'honneur, ça n'engage à rien.

Je vais m'installer à la terrasse du troquet voisin sous un parasol publicitant une marque de cola dont la première partie du nom évoque une drogue d'Amérique du Sud. Je commande un citron vert pressé à une serveuse indolente qui traîne ses tongs sur le carrelage.

Le *Silhouette* vient tout juste d'accoster. En provenance de Praslin, les passagers débarquent. Quelques autochtones chargés de cabas emplis jusqu'à la gueule, mais surtout des visiteurs dont la blancheur du derme pronostique de longues insomnies tartinées de crème apaisante.

Premier réflexe du vacancier : immortaliser sa découverte d'une terre inconnue. Clic-clac : Lulu benêt sur son vélo de location, Mauricette grimpant dans un char à bœufs, son gros cul au premier plan. En prenant pied sur la Lune, Armstrong a joué plus sobre.

Très vite, la meute s'égaille dans l'île et le port recouvre sa sérénité. Pas pour longtemps, car les voyageurs pour Praslin radinent à leur tour vers la navette maritime.

Il est temps de te lubrifier le cristallin, San-A !

Ton locuteur incognito ne devrait plus tarder. Comment le reconnaître ? Mentalement, je récapitule ce que je sais de lui. Il s'agit d'un mâle d'âge adulte, probablement blanc d'après la voix, pourvu d'un accent imprécis que je jaugerais à la louche entre le chleuh et le norvégien manchot. La volonté d'intimidation dans ses propos implique un homme déterminé, sûr de ses moyens. Certainement pas un gringalet et sans coup férir un type armé. Ce qui n'est pas mon cas.

Probable qu'il ne m'attend pas ici, au départ de La Digue, mais ma carrure et ma gueule de ravageur de sommiers (pas de souci pour mes chevilles !) risquent de faire tache dans le paysage. Cette espèce de prédateur éprouve sans cesse la hantise de devenir à son tour une proie. A la fois craintif et cruel, son instinct renifle ses contemporains comme un renard aux abords de la poulaille. Je sais qu'il me flairera d'une simple palpitation de narine.

Je douille ma limonade et vais m'asseoir en tailleur derrière l'étalage du loueur de vélocipèdes. Au travers des cadres et des rayons, j'observe ce qui se déroule sur le quai tout en restant plus effacé qu'un orgasme de ton épouse quand je suis absent.

Les vernaculaires arrivent les premiers au barlu, coltinant une embardouflée de colibars. Les gens du coin aiment choisir les places à l'ombre, à l'instar des Espanches dans les arènes. Suivent les touristes, généralement en duo, répartis en trois catégories : les couples femme-homme, en lune de miel ; femme-femme, en lune de fiel ; homme-homme, en lune de bielle. Quelques solitaires, aussi. C'est sur le masculin singulier que s'exerce mon analyse.

Le type avec qui j'ai rendez-vous est-il ce grand Black trimbalant un attaché-case de ministre ? Peut-être, même si je me le figurais européen.

Est-il ce gros sang chaud pansu, visage congestionné, ventre embiéré sur lequel sautille un Nikon au zoom zobant ? Type germanique pouvant correspondre à l'accent esgourdé, mais bedaine peu compatible avec un homme d'action. A voir.

Se pointe ensuite un vieux rouquin dégingandé, sac Adidas accroché à l'épaule. Sa silhouette évoque la carcasse d'un gnou desséché en pleine brousse. Puis-je éliminer sa candidature sous prétexte de ses allures d'ornithologue distingué ?

Juste derrière lui rapplique un homme aux tempes grisonnantes. Baraqué comme une horloge berrichonne et le minois guilleret du joueur qui vient de tirer la chasse sur le billet gagnant du Loto, je le place en favori dans mon quarté.

Premier coup de sirène. Le rafiot va décarrer sous peu. Faut te décider, fils unique et préféré de Félicie ! Tu vas quand même pas rester terré dans ta planque comme un congre ?

Nongre.

Bongre, mais comment ne pas éveiller les soupçongres de mon téléphoneur anonyme ? L'idée me vient de piquer une bicyclette et d'embarquer avec. Qui irait se méfier d'un zigue avec un vélo en bandoulière ? Pas trop coriace à exécuter, le larcin, vu que le loueur est parti fumer un joint avec ses copains sous les veloutiers de la plage.

Je m'empare de la plus vétuste des bécanes (tu connais mon sens moral) lorsqu'un blondinet maigrichon déboule sur la jetée en piaillant :

« Houhou du bateau ! J'arrive ! »

Crinière décolorée, débardeur rose fuchsia, minishort de jean enfoncé dans la raie duc jusqu'au duodénum, ce microbe renifle la tarlouze à cent pieds. Changeant subitement de programme, j'abandonne le cycle, retrousse mon pantalon façon corsaire, déboutonne ma chemise, ébouriffe mes tifs et me lance aux trousses du mignon en m'égosillant :

« Attends-moi, Chouchou, attends-moi ! »

Je le rejoins au bas de la passerelle, le chope par la taille.

– Ouf ! On a failli le rater, minauderché-je.

– On se connaît ? me demande-t-il, un rien suffoqué.

– Pas encore, mais je sens que ça vient.

Je l'entraîne par la menotte sur le pont avant où mes principaux suspects se sont dispatchés. Retiens la leçon, p'tit gars : plus t'es voyant, moins on te remarque. Personne ne nous accorde davantage d'intérêt qu'aux autres tandems.

Tout en observant mes lascars à la dérobée, je taille une bavette avec mon pédalo à vapeur. C'est tout ce que je lui taillerai, juré. J'apprends ainsi qu'il s'est endormi, tout nu, le canaillou, sur la plage de Source d'Argent. Quand il s'est réveillé, non seulement il était à la bourre (*sic*), mais ses petites rouchdougounes qu'il avait omis de tartiner d'écran total avaient morflé vilain.

– C'est horrible ! Je suis sûr qu'elles vont peler comme deux échalotes.

– Tant que l'oignon est sauf..., soufflé-je en lui souffletant le joufflu.

Il appert (de couilles et) de notre conversation que Jean Loufdez (c'est son blaze, j'y peux rien) est le dernier rejeton d'une riche famille viticole de l'Entre-deux-Mers. Signe du destin, c'est à son aïeule côté fraternel, grosso modo sa grand-tante, qu'on doit l'invention du bouchon glycériné. Janus (c'est son surnom, j'y peux encore rien) passe quelques semaines aux Seychelles pour se remettre d'une rupture qui lui a mis le cœur à vif, entre autres. A qui nous fions-nous, aujourd'hui ?

Il occupe une suite au Lémuria de Praslin, un hôtel tant étoilé qu'il y fait nuit même en plein jour. Pourtant, il est en rage contre Sonni, le coiffeur du palace, qui taille bien mais qui coupe mal et lui a saboté sa mèche.

Je l'écoute me débiter sa vie en tranches

comme une pastèque dont il aurait avalé de traviole les pépins. Je l'écoute, mais je ne l'entends plus. Mes tympans directionnels sont aux aguets : le grand Noir ministrable et le lugubre aux cheveux argentés ont lié connaissance. Ils échangent quelques propos anodins dans la langue de Christopher Marlowe (il paraît que ce marlou écrivait les pièces de Shakespeare !).

Mon diagnostic est péremptoire. Aucun d'eux ne saurait être l'individu qui m'a bigophoné cet aprème en me prenant pour Jean Ballatouva. Le Black zozote et le tristouille claironne. Rien de guttural dans leurs élocutions. Moralité ? Il ne me reste plus que deux clients : le gros plein de binoche et l'échalas à tronche d'éternel étudiant en mouettes.

Ce dernier s'allume une cigarette. Je largue mon barda et me dirige clopin-clopant vers lui, décidé à le taper d'une clope, histoire de lier conversation.

A cet instant, un remous agite la mer à deux brasses du bateau. Un bonnet noir émerge, puis le canon d'un fusil sous-marin.

– Attention ! bélugué-je, ce qui constiste à beugler à la manière des bélugas.

Trop tard ! Un dard d'argent fuse et s'en va transpercer la gorge du pseudo-ornithologue. D'un geste inconsidéré, le type s'accroche à la flèche prolongée d'un fil de nylon, et tente de l'arracher. Son corps parcouru de tremblements convulsifs vibre contre la balustrade. Tirant sur le filin, le plongeur veut faire basculer sa proie par-dessus bord. Je m'accroche à son sac à dos pour le retenir. La lanière cède et le corps chute dans le grand bouillon.

Ni une, ni ? Deux ! La classe ! Tu sais encore compter. Je plonge à mon tour à la poursuite du tireur subaquatique. Hélas, le sang s'évadant des carotides de la victime nuit gravement à ma vision. J'entrevois une longue palme jaune que je saisis à pleines mains. L'assassin se débat, me flanque des coups avec son autre jambe, mais ses ruades sont atténuées par la résistance de la flotte. J'essaie de tenir bon. Futé, le fuyard essaye de m'entraîner vers les profondeurs. Pour toute réserve d'oxygène, je ne dispose que de mes pauvres bronches alors qu'il bénéficie d'un appareillage de plongée ultrasophistiqué.

A force d'énergie, je finis par lui arracher sa patte de canard. Il ne se débat plus. Je viens de piger : il recharge son fusil. Le prochain harpon sera pour mézigue. Fissa, je remonte à la surface. Un choc contre mon crâne : les pompes du funèbre. Je m'agrippe à ses hanches et me coule derrière son buste. Heureuse initiative, car c'est lui qui bloque la flèche en pleine boyasse. De son abdo, ses tripes s'évadent comme une évanescente guirlande de Noël.

Attirés par le festin, des centaines de poiscailles rappliquent. Les minus sont bientôt chassés par les forts en arêtes, eux-mêmes bousculés par des mastards qui cèdent la place à des autobus de mer. Lorsque le premier requin ramène ses ailerons, je juge opportun de faire surface.

On me jette une bouée, je l'attrape et me laisse hisser à bord. Le capitaine me félicite avec chaleur pour mon courage. Je lui remets la palme peu académique du nageur meurtrier.

– Voilà tout ce que j'ai réussi à capturer ! déploré-je.

– C'est incroyable ! dit-il en rajustant sa casquette. La chasse sous-marine est interdite aux Seychelles, et la détention d'armes de ce type rigoureusement prohibée.

– Le meurtre est-il autorisé, au moins ?

– Pas davantage ! fait-il, inaccessible à toute forme d'humour.

Tandis que l'équipage s'affaire à repêcher le macchab éventré, je m'arrange pour rafler subrepticement son sac et l'enfouir dans mon propre bagage.

Subjugué par ma prestation, Janus me mignote d'une paupière liquéfiée.

– T'as été merveilleux, Minou !

Je peux tout de même pas lui claquer une beigne, c'est moi qui l'ai dragué.

***

Le *Silhouette* pénètre dans le port de Baie Sainte-Anne. Les autorités de Praslin ont été informées du dramatique incident. Elles ne devraient guère tarder. Seulement, il faut d'abord aviser le capitaine Bamboche, de congé cet après-midi. C'est lui qui détient la clé de contact du véhicule de police. Et de toute façon, il est le seul à savoir conduire.

Je profite de l'aubaine pour m'esbigner en

compagnie de mon nouveau fiancé. Une limousine de l'hôtel Lémuria a été mise à sa disposition.

– Je te raccompagne ? me propose-t-il, vaseliné de partout.

– C'est bon, je vais me débrouiller tout seul.

– Tu loges à quel hôtel ?

– Le Bergusia, effrontémenté-je.

– Quelle horreur, c'est un boui-boui !

– J'ai pas de gros moyens.

Janus me tombe une paluche vers l'entresol.

– Tu as beaucoup mieux ! Et si tu venais finir tes vacances dans ma suite ?

– Tu plaisantes ?

– Je suis très sérieux. L'endroit est i-dyl-lique. Un jardin extraordinaire, trois plages de rêve, une piscine à se pâmer et un golf plein de trous...

– Arrête, grand fou, tu m'aurais !

– Alors, c'est voui ?

Tu vas voir que sa proposition me botte au-delà du raisonnable.

– Écoute, heu... je suis un peu connu ici, je ne voudrais pas que ça se sache, nous deux.

– Dix heures, ce soir, devant le Bergusia,

insiste-t-il. Je viens te chercher avec une voiture de location.

Je fais mine d'ergoter :

– Onze heures, plutôt. Et devant l'Eden Palm, ce sera plus discret.

Affaire con-cul !

Comme il s'en va, un taxi rouge s'en vient en klaxonnant sur l'air des lampions. Je me détranche. Béru est au volant, plus rubicond que la lune.

– Toi z'ici, Tonio ? s'ébaubit-il.

– Qu'est-ce que tu maquilles, Gros, au guidon de ce sapin ?

L'Effroyable me désigne son ami Gilbert, *out of order* à la place du mort.

– Il a essayé d'me recuire a'ec ses boissons d'gonzesse, mais c'est lui qu'a mordu la moquette, fais confiance.

– Où allais-tu ?

– A l'hôtel, mais j'crois qu'j'm'ai gouré d'sens.

– Tu serais pas un peu beurré, des fois ?

– Juste c'qui faut !

– Tu te sens capable de me réciter ton rapport ?

– No problemo !

– Alors, j'écoute.

Le Gravos me désigne tour à tour trois bonbonnes à l'arrière du tacmard.

– Ça, c'est le *calou*, le sirop d'cocotier ! Un chouye aigre a'ec un arrière-goût d'vomi de bébé. Là, le *baka*, d'la canne à suce pressée, quasiment comme du Négrita. Et pis v'là la *purée maman*, des épluchures d'patates macérées a'ec du suc' en poud' et d'l'eau chaude. Glauque p't'êt', mais un pur délice !

– Je te parle pas de tes libations, pauvre sac, m'insurmurgé-je.

Malgré sa biture, l'Alexandre semble remonter à la conscience.

– Fais t'excuze, j'ai pus ma tête à moi. N'en c'qui concerne la bouffetance, ce fusse grandiose aussi ! L'requin, on dirait du veau, la tortue d'mer, on jurerait du porc a'ec la graisse bien verte, quant à la chauve-souris, c'est comme du râb' de lièvre faisandé, en plus goûtu.

– C'est ta mission qui m'intéresse, Glouton des Isles ! La villa Vilea...

– J'allais t'y viendre. Il s'agisse d'une grosse cagna exotérique au toit jaune en tôle glandulée. Entièrement enceinte d'une muraille blanche.

– Où se trouve-t-elle exactement ?

– Just' à l'entrée du village de Baie Sainte-Anne, en v'nant d'not' hôtel. Un grand portail jaune, sur la droite. Forcément, à gauche, c'est la mer...

– Et qui l'occupe ?

– Personne ! Du moins n'en c'moment. Le proprio, v'là trois mois qu'il est pas v'nu. On l'appelle M'sieur Patrick, un Belge rissichime.

– Un Belge ? Comme Virginie, la prof de plongée ?

– T'as mis l'doigt ! C't'un pote au père de cette gonzesse. Elle s'occupe d'la propriété quand il est en Europe. Elle aère la baraque et arrose le jardin pendant son absentéisme.

Depuis sa barge, Momi m'adresse des S.M.S. d'impatience. Il doit avoir quelques accros à fournir urgemment. Il faut hâter le mouvement.

– C'est bien, Gros, tu vas retourner à l'hôtel. Ne raconte surtout pas à Constance que tu m'as vu.

– J'sus pas débile. Mais, dis-moi, c'tait qui le pilon qu'tu causais avec quand j'sus t'arrivé ?

– Le pilon ?

– C'est commak qu'on blaze les pédés, ici. Alors, c'était qui ?

– Je t'expliquerai.

Je lui tends mon précieux sac.

– Tu vas me mettre ça en sécurité. Repose-toi. Arrête la picole. Essaye de décoincher un peu, la nuit va être rude.

Je pose ma chemise et mon bénouze et les lui fourgue aussi.

– Tu veux pas que j'te ramène ? propose-t-il.

– Non merci, je rentre à la nage.

Chapitre neuvième

Dans lequel il est prouvé que même sous le soleil des tropiques on peut attraper un méchant coup de froid

Une file d'attente comme au guichet de la Sécu ! Une douzaine de rastas poireautent en pompant des pétards devant l'appartement jumeau de celui de Béru. Des gémissements s'évadent de la turne, accompagnés de commentaires salaces.

VOIX DE FEMELLE : Allez, donne ! Donne ! Enfile-le-moi, ton zan ! Plus fort, salaud ! On dirait que tu mollis à l'entrée. Reprends-toi, petit mec...

VOIX DU MARI : Hé ! Ho ! Je t'ai pas payé pour que tu godilles ! Si tu le sens pas, dégage, y en a qui piaffent !

VOIX DE FEMELLE : Ah, ouais ! Celle-là, elle est

bien raide ! Vas-y ! Ramone-moi ! Là, je la sens ! Continue, tu vas me faire jouir ! Plus vite ! Plus vite ! J'arrive ! J'arrive ! Haaa.. Hooo... merde ! T'as déjà balancé la semoule ! J'ai le con qui poisse ! Casse-toi et laisse la place aux autres !

VOIX DU MARI : Bonjour, monsieur, j'espère que vous allez assurer, vu le prix que je crache...

Toc-toc-toc ! Trois coups à la porte du Mastard. Dans sa plus stricte nudité, Alexandre-Benoît m'accueille.

– T'arrives pile au moment où'c'qu'j'allais prend'une douche. Bon, c'est pas grave ! J'la prendrai l'mois prochain.

Il récupère son calbute à peine moins sanieux que les champs opératoires d'un hôpital de brousse en Tanzobie Orientable, et le renfile à l'envers.

– T'entends la vieille qui jouit n'au travers d'la cloison ? me demande-t-il.

– Un peu, oui. C'est quoi, ce bordel ?

– Un coupl' d'Français pur fruit. Y fêtent leurs quarante piges d'mariage. Lui, on vient d'lui faire l'ablution d'la prose-tâte.

– Et alors ?

– Ben... Paraît qu'il a une burne poreuse et

l'autre qui prend l'eau. Brêfle : il est rincé du calbar. Alors il a offert z'à sa femme un voyage du souv'nir. Il paye toutes les grosses queues d'la région pour régaler sa mémé. Moi, j'm'ai porté volontaire. La tranche de six à sept, ce soir. En bénéviol, bien sûr. J'vais la tirer gratos. Tu voudrais quand même pas que j'fasse carmer un con-patriote pour un malheureux coup d'pine ? Même si j'devrais m'économiser...

– T'économiser, dans quel but ?

L'Infatigable marque le pas, renfrogné du gnafron.

– C't une affaire privative qui n'regarde que moi et moi !

Il ricane et me relance :

– Ta Constance, elle s'est pas z'étonnée d'ton absence ?

– Je lui ai dit que j'avais nagé jusqu'à l'îlot Saint-Pierre et que j'y avais fait la sieste avant de revenir.

– Et elle t'a cru ?

– Crois-tu ?

L'Ineffable récupère mon sac sous son plumard et le dépose sur la table de chevet.

– J'ai jeté un œil à l'intérieur. N'a part tes

affaires, y a un pacson a'ec un flingue de first quality... Regarde : s'agit d'un Berluti & Weston, pointure neuf millimètres.

J'attrape le calibre et le glisse contre mes reins entre futal et Kangourou. On se sent tout de suite plus serein avec un calibre dans le dossard ! Surtout garni d'un chargeur de huit bastos.

– J'ai dégoté aussi un passeport au nom de Pitt Van Bull.

– Hollandais ?

– Sud-africain.

La photo sur le document confirme qu'il s'agit bien de la grande saucisse assassinée en plein air d'un coup de flèche sous-marine.

La Gonfle me tend un coussin rebondi couvert d'un tissu patchwork.

– Et pis, y avait ce bidule dans l'pactage. T'as vu avec quoi qu'il est rembourré ? Des biftons pleins d'zéros dans une mornifle que j'connais pas. Voyes-y toi-même !

Je plonge la paluche à l'intérieur de l'oreiller et en sort des poignées de devises englishes en grosses coupures.

– Ce sont des livres !

– Des livres, quelle connerie ! J'vois bien qu'c'est des talbins.

– Des livres sterling, la monnaie anglaise.

Le Gravos déchiffre un billet :

– J'sus pas miro-aud : c'est écrit *pound*...

– *Pound*, ça signifie « livre » en anglais.

– Et *book*, ça veuille dire quoi, alors ?

– « Livre », aussi, mais dans un autre sens...

– Ils sont vraiment chtarbés, ces rosbifs !

J'évalue le montant du butin : cent mille livres ! Un pactole d'une patate lourde, à vue de naze. Et ce magot était destiné à Jean Ballatouva en échange d'une mallette. Il faut croire que le contenu de ladite valbombe vaut son pesant de pesos. Où peut-elle être planquée ? Dans la chambre du comédien ? J'ai tout fouillé, mais en ignorant l'objet de ma recherche. Il va falloir récidiver. A moins que les kidnappeurs, qui à l'évidence n'appartiennent pas à la bande de Pitt Van Bull, mon ornithologue présumé, n'aient déjà volé la valoche aux valeurs.

Comment un tel trésor est-il parvenu entre les pognes de Ballatouva ? Au cours d'une plongée avec sa Virginie ? Sûr que mon pote Jean a dépoté un pot aux roses qu'il a voulu pot-de-viner. Et qu'il a payé les pots cassés.

Une certitude : le plongeur-tireur a essayé de récupérer le pognon de Pitt Van Bull. Serait-il également en possession de la mallette ?

Dans la turne voisine, mémé Nympho glapit de plus belle.

VOIX DE FEMELLE : Ah, çui-là il est bon ! Je sens que je vais venir ! Plus fort ! Plus dur ! J'veux que tu me démantèles !

VOIX DU MARI : Hardi, petit ! Mille roupies en rab si tu lui pètes la charnière !

– Non !!! fulmine Queue d'Âne. Faut pas qui m'l'esquinte ! J'ai pas envie d' niquer une tomate farcie, tout t'à l'heure !

Les ébats de la vieille peau me laissent froid comme un nez de ? Chien ! Génial, tu es zoophile, en plus ?

Je demande à Béru d'aller revisiter la piaule de Jean Ballatouva et de la mettre à sac, si nécessaire, pour dégauchir la mallette au million. Pendant ce temps, je capterai l'attention de Constance, la capturerai sans doute et la captiverai peut-être.

– Ça risque de faire désordre, si je démolis la cagna ? objectiflune-t-il.

– On imputera l'effraction aux rastas, ils ont le dos large. Et puis, règle ta montre. Je veux qu'on se retrouve à 22 h 55 précises sur le parking de l'hôtel. Onze heures moins cinq du soir, si tu préfères.

– Je préfère.

Le biniou de la chambre se met à grelotter. Alexandre décroche avec un air d'en avoir deux. Il paraît rassuré en reconnaissant la voix de son correspondant.

– Tiens ! Salut, vieille Pine ! Figure-toive que j'pensais à toi pas plus tard qu'y a deux plombes en dégustassant des breuvages dont tu m'dirais des nouvelles si t'aurais eu l'occase d'y goûter. Quoi ? Tonio ? Tu tombes pile, il est làga ! Ho ! Faut pas t'tresser, Pinuche, on n'vit qu'une fois. Surtout toi, à ton âge. Bon, si ça purge, j'te l'passe.

Il est dans tous ses états, le Bâtonnier de la Maison Poulaga. Par des ragots, il vient de découvrir que Gérald Troipardeu, déjà vedette à l'âge de vingt-cinq ans, a été suspecté à l'époque de viol sur une gamine de treize ans. Il a craché au bassinet, la plainte a été retirée et l'affaire étouffée.

– Il faut trouver le nom de cette fillette !

– Elle était mineure et le casier de Troipardeu est vierge, ça va pas être facile.

– La facilité, c'est la faiblesse des cons, mon vieux Pinaud. Et t'es pas con.

Il se racle la gorge, tousse des bribes de son éternel mégot.

– Bien, je m'en vais faire au mieux... Et puis y a un truc rigolo dont je voulais te parler en deux mots...

– En un seul, ça va le faire !

– Imagine-toi que j'ai reçu un coup de fil de ton fils Antoine, tu vas rire...

– Il va bien ? le tranchegorgé-je.

– Très bien.

– Sa fiancée aussi ?

– Amélie se porte comme un charme, mais...

– Alors, tout baigne !

Je lui raccroche au pif.

J'aurais peut-être pas dû, tu verras plus tard.

***

Pour demeurer un héros intemporel, c'est bête, mais il faut vivre avec son temps. Et s'adapter aux techniques modernes, même si la loupe de Sherlock, la pipe de Maigret, le smoking de James Bond ou le sésame de San-Antonio restent des valeurs sûres.

A l'aide d'un fin cordon, je connecte mon magnéto numérique à la sortie audio de la télévision.

Il est vingt-deux heures quarante-cinq. Je viens de regagner ma chambre après un dîner barbecue sur la plage en compagnie de Constance et d'une botte de connards envacancés.

Nous avons peu évoqué l'affaire Ballatouva, sujet brûlant dont ma collègue semble avoir pour souci principal de me tenir à l'écart. En revanche, elle m'a parlé de son pays, de la formidable politique sociale qui y est menée, des inévitables jalousies qu'une telle réussite suscite. Conversation chiante en langue d'ébène, quoi.

Je lui ai frôlé le poignet en lui assurant que sa peau était tchikatchikatchik et ses yeux aïe-aïe-aïe ! Elle m'a remercié en retirant sa main. Un foie n'est pas costume (comme dit le Mastard), ce bide arrange mes bidons. Constance a réintégré sa turne sur mes talons. Oreille collée contre la cloison, elle doit guetter mes moindres fesses et gestes.

Tu vas en avoir pour ton épiance auriculaire, ma cocotte !

J'active mon magnéto. Relayé par l'ampli de la téloche, l'enregistrement de ma douche matinale s'enclenche fortissimo. Bruit de la flotte cinglant mes épaules, le gars moi-même poussant la romance : « Il suffirait de presque rien, peut-être dix années de moins... »

J'écarte le fenestron de la salle de bains, me coule à l'extérieur. Je repousse la persienne et trottine sur l'herbe drue vers l'entrée de l'hôtel.

Jean Loufdez, alias Janus, m'attend comme convenu sur le parking au volant d'une mini-moke décapotée comme ses saillies les plus périlleuses.

Singeant le grouic du phacochère en rut le soir sous les palétuviers, Béru attire mon attention avec la discrétion qui le caractérise. Je le devine, ombre chinoise accroupie dans la posture du cacateur de Rodin sous un bosquet de bambous.

Esquivant la lueur des lamparos suspendus dans les branches, j'anguille jusques à lui.

– T'as repéré ma fiancée ? suçuraide-je.

– T'inquiète, j't'la piquerai pas.

– On fait comme convenu ?

– Exaquètement comme l'con d'l'avenue !

– T'as ce qui faut ?

– Vise un peu : un bout d'bambou de c't'acabite, ça vaut la matraque d'un CNRS, non ? J'l'ai taillé moi-même dans l'arbusse.

Je sors de l'obscurité et me déhanche vers la petite bagnole angliche donc surannée. Dans le rétro (et le rétro, c'est son fort), Janus me voit arriver. Il quitte la guinde, se précipite à ma rencontre.

– Hou ! J'avais peur que tu me fasses faux bond, Petit Chou...

Le dernier mec à m'avoir traité de « Petit Chou », il mange encore du yaourt bulgare avec une paille. Mais, bon ! Laissons mon Alexandre agir. Et il ne traîne pas la savate ! Le voilà qui surgit de l'obscurité, bambou brandi. Il m'en assène (Lupin) un coup bien maîtrisé au sommet de l'occiput. Je m'écroule en vagissant. Du coin de l'œil, j'assiste au second coup de bambou sur la tronche de mon chevalier servant. Cette fois, le Mastard a mis la gomme. Mieux que dans ses rêves, la tarlouze part à dame.

Vite fait, on le charge dans la caisse avant de décarrer.

Béru pilote en sifflotant de bonheur.

– Qu'est-ce qui te rend si guilleret, Gros ?

Son regard vacille comme une flamme sous l'un de ses pets en raie majeure.

– L'action ! ment-il. Moi, la vie d'palace, ça me pèle le jonc.

Je sens que l'Enflure me cache quelque chose, mais je n'arrive pas à localiser quoi.

– Alors, la visite chez Jean Ballatouva ?

– J'ai tout désossé dans la turne, même l'appareil à air condisloqué et la cuvette des chichemanes. Peau de balle et balai de crin !

– Dommage. Et avec ta voisine, ça s'est bien passé ?

– Un velours. L'grand jeu d'l'alpiniste, j'lui ai pratiqué ! Sans les pieds, sans les mains, la face sud du Congagua et la face nord du Culimandjaro. Elle a failli tourner d'l'œil de bronze. A la fin, elle voulait rentrer en France. Elle trouvait que les zobtoktones étaient montés comme des ouistitis. Son mari m'a même filé un pourliche. On s'le boivra à la première occase, promis.

Trois bornes plus loin, on stoppe au bord de la plage et on débarque Janus sur le sable, face tournée vers la lune pour lui rappeler de bons souvenirs. En s'éveillant, il pensera avoir été victime d'un malandrin et s'en retournera dans la nuit étoilée pedibus et la queue basse.

Nous traversons une forêt de *filaos* et de *takamakas*, les pins et chênes de la région. L'air est tiède, presque visqueux malgré les turbulences occasionnées par le déplacement de la décapotable.

– Sympa, non ? s'émerveille Béru. On doit vite s'habituer à la douceresse du climax. Pourtant, j'sus né natif d'Saint-Locdu-le-Vieux, un pat'lin où c'qu'on se fait rincer les endosses à longueur damnée tout en s'gelant les noix.

Un large portail de ferraille peinturluré en jaune vif.

– V'là la villa Vilea ! Elle s'appelle comme ça à cause qu'elle redégorge de vileas. Les vileas, ici, c't'une fleur grimpante qu'chez nous on blaze bougre de... bouguain... bougrain-du-bourg, j'croive !

– Bougainvillée ?

– *Sa mem, zot !* confirme-t-il en créole, car les esprits simplets assimilent vite les langages exotiques.

Je conseille à Sa Graisseuse Majesté de se garer dans le petit chemin qui longe le mur de la demeure et d'éteindre les phares. Difficile de crocheter la serrure de l'entrée, celle-ci donnant sur la route du bord de mer encore très fréquentée à cette heure. Les Seychellois n'ayant pas les yeux dans leur slip, nous serions reluqués et dénoncés avant que mon sésame ait pu accomplir son office.

Seule solution : sauter la muraille. Si l'exploit semble à ma portée, il est incompatible avec l'embonpoint du Gravos. Nous arpentons l'enceinte jusqu'à découvrir le passage idéal : un cocotier penché au-dessus de la propriété et pourvu de planches cloutées formant des marches. Intarissable sur le sujet depuis sa virée avec son copain Gilbert, Béru m'explique qu'auparavant les jeunes grimpaient jusqu'au faîte des palmiers à mains et pieds nus pour aller soutirer le *calou*. Mais maintenant, ils sont passés à la Guinness, au gin et au whisky. Les breuvages ancestraux ne les branchent plus. Alors ce sont les vieux qui s'y collent et ils aménagent des échelles sur les troncs pour les escalader plus aisément.

C'est mon collègue-stérol qui passe en premier. Chaque latte ploie sous sa charge pondérale en geignant. Mais ça résiste. Il parvient à se jucher sur la crête de la muraille. J'ai toujours été surpris de la prestesse de son corps d'obèse (olé !). Il se suspend par les mains à l'intérieur du jardin et largue les amarres.

Un choc mou, suivi d'un brame de cerf castré.

– Ouaouille ! J'm'ai tartiné les roubignoles sur un rocher !

En deux bonds, je suis à ses côtés. Son buste se dandine de droite et de gauche et d'avant en arrière.

– Ça va pas ?

– Si, si ! Cinq kilos de couilles, ça amortit la chute. Mais y a mon rocher qui gigote.

Le disque sélénien (te caille pas la laitance, ça veut simplement dire le clair de lune) dispense une lueur blafarde me permettant de constater que le Ventripotent est à califourchon sur une énorme carapace.

– Tu fais du cheval sur une tortue géante, Bébé Rose !

– Tu déconnes ?

Il saute de sa monture et observe le placide reptile directement issu de la fin du primaire.

– Ben merde alors !

Il tend la paluche vers la tête d'E.T. du bestiau pour caresser son cou plissé. Le mastodonte émet un feulement rauque de chaton courroucé. Béru bat en retraite.

– Et ça mord, n'en plus ?

– Ça chique. C'est quand même pas un puma.

– Combien crois-tu-ce qu'elle pèse ?

– Au moins cent cinquante kilos. A quatre pattes à côté, t'aurais l'air d'un tatou nain.

Il s'extasie :

– Un quintal et demi d'barbaque ! Et vachement savoureuse, croive-moi, j'm'en ai filé une ventrée c'midi.

– C'est de la tortue de mer que t'as bectée. On ne mange pas les tortues de terre.

– Pourquoi qu'on brifferait pas les tortues de terre alors qu'on bouffe les pommes de terre ?

Raisonnement implacable, impossible à réfuter.

Nous progressons dans le parc luxuriant en direction de la superbe demeure coloniale au toit festonné de lambrequins. La bâtisse est entourée d'une varangue ceinte de balustres ouvragés d'un motif créole.

Nouvel incident : le Gros vient de s'emberlificoter le museau dans la toile d'une tarentule tissée entre deux bananiers. Il pousse des cris d'orfèvre en se débattant.

– Saloperie ! Une araignée gigantibus m'cavalait sur la tronche !

– Tu l'as écrasée ?

– Je l'ai croquée. J'allais pas z'attendre qu'elle m'piquasse.

Il mâchonnne et déglutit.

– A l'intérieur, c'est gluant et sucré, un peu comme du pus de furoncle, mais pas trop dégueu, finalement.

Nous nous retrouvons face à la porte arrière de la baraque, celle de devant me semblant par trop mastoc avec ses quatre battants. J'étudie la serrure. L'Arachnophage s'intéresse aux gonds. Il prend deux pas de recul et défonce la lourde d'un coup d'épaule dévastateur. Je remise mon sésame et pénètre dans une vaste cuisine que j'inspecte dans le faisceau de ma lampe torche. Cuisinière La Cornue, plans de travail en granit presque trop poli pour être au net, boiseries de teck massif, deux lave-vaisselle flambant neufs... La classe.

Le réfrigérateur américain est débranché et ses portes entrebâillées, signe que la cagna est apparemment inoccupée.

Attiré par son instinct de grand prédateur de comptoir, Béru est passé dans le salon, largement ouvert sur la cuistance, et a déniché un kilbus de rhum dans un buffet d'acajou. Il s'en transvase une copieuse rasade à même le goulot.

– Haaa ! Dommage qu'le frigo soye en rideau, c't'encore meilleur a'ec un glaçon, ces p'tites liqueurs.

Je lui arrache la boutanche des pognes et la fracasse contre le carrelage.

– Ça suffit, éponge à vinasse ! Tu vas fouiller les pièces à vivre, moi je m'occupe des chambres. Si je te reprends à lichetrogner, je te fais virer de la police nationale ! Compris ?

Il écrase un pleur imaginaire, la lippe penaude, l'œil crapoteux.

– On cherche quoi t'est-ce, au juste ? grommelle-t-il.

– La mallette ! Toujours la mallette. Si elle ne se trouve pas dans la piaule d'hôtel de Jean Ballatouva, elle ne peut être qu'ici. C'étaient ses deux seuls ports d'attache aux Seychelles. C'est dans cette maison qu'il venait tirer Virginie, sa prof de plongée. Et de cet endroit qu'il m'a téléphoné dimanche matin...

Je décroche le bigophone posé sur une table basse pour m'assurer que la ligne est bien en fonction.. La tonalité tintinnabule.

– On met le paquet. Il faut absolument retrouver cette mallette. Elle est la clé de l'enlèvement de l'acteur.

– D'accord, mais suppose que les zigues qui l'ont kidnappingé l'ayent dégotée, ta valbombe, on l'a dans le prosibus véri profond !

– Peut-être, mais je ne privilégie jamais en premier choix les hypothèses foireuses. Alors on cherche...

Buté, le Butor dodeline négativement.

– Tu fais fausse croûte, Antoine, et j'vais t'en admonester la pieuvre. Suis bien ma démontrance. Ton copain Ballatouva, on sait pas trop comment, entre en possédance d'une mallette valant un paquet de flouze. Les ceusses à qui z'il l'a chourée essayent d'la lu rach'ter. C'est la bande de Pitt Van Bull, le mec scrafé d'une flèche dans l'cou.

– On est d'accord.

– M'interronce pas. Par d'ailleurs, une aut' bande veut s'appropriationner l'objet. N'alors, la s'maine dernière, ils assaisonnent en mer l'barlu de Jean et Virginie...

– On dit « arraisonnent »...

– Arrête de chicaner ! Sachiant qu'le coupl' vient fourrer dans cette cambuse tranquille, les rapteurs amènent leurs z'ôtages iciga. Y z'y restent huit jours, peinardos...

– Mais suite à l'appel inopiné de Jean, ils déménagent, comprenant que la maison sera identifiée par son numéro de fil. Ça se tient.

– Merci du complément. Mais pardonne-moi d'te dire qu'tu f'rais mieux d'te servir de tes méningites putôt que d'brasser d'l'air. Réfléchis : soite Ballatouva a craché l'morceau et r'filé la mallette, soite il a pas causé.

Il se tait, le front plissé. Si je ne veux pas passer à ses yeux pour une demi-courge évidée, j'ai intérêt à me remuer la pensarde. Je gamberge à toute vibure. « Soite il a pas causé... » Bon Dieu, mais c'est bien sûr !

– T'as raison, Alexandre, si Jean n'avait pas parlé, ses ravisseurs auraient fouillé la maison. Tout serait sens dessus dessous.

– Voilà ! fait-il, le triomphe modeste. Donc, il a causé et la mallette est déjà loince !

– C'est logique, mais un truc me chiffonne : si les types avaient mis la main sur la mallette, ils auraient purement et simplement liquidé Jean et sa copine. Pourquoi s'embarrasser d'eux vivants ?

Au tour du Gravos d'être ébranlé. Je poursuis mon raisonnement :

– Et si cette seconde bande s'intéressait à Jean Ballatouva ou à Virginie, et pas à la mallette ?

– Mouais ! M'alors pourquoi l'plongeur sous-marinier aurait dégommé Pitt Van Bull ?

– On tourne en rond et dans le mauvais sens. Bon, allez, on raccroche les points d'interrogation au vestiaire et on effectue une perquise grand style, banco ?

– Banco.

Deux heures plus tard, la baraque a été passée

au peigne à poux. La présence d'un couple fornicateur sur les lieux est indéniable : auréoles dans les draps, savonnette à moustache, linge de toilette craquant de foutraille, et même une capote farcie collée au fond de la poubelle des toilettes.

Mais question mallette, macache !

Ne reste plus qu'à visiter le garage situé au fond du jardin et relié à l'entrée par un chemin bordé de bougainvillées dégueulant de clochettes mauves.

Le Mastard hésite devant le rideau de fer défendant le local. Il se frictionne l'épaule, pensif.

– Non, ça serait pas raisonnab' !

Il me laisse le soin d'amadouer le cadenas. En un clin d'œil, le crocheton se rend corps et âme à mon sésame. Le plus délicat consiste à remonter le volet roulant et couinant sans éveiller le voisinage. Nous le bloquons à un mètre de hauteur et nous coulons à l'intérieur du garage. Dans sa reptation, Béru laisse le fond de son froc qui se déchire comme un ciel d'été sous l'orage.

Un pick-up japonais, une tondeuse à gazon électrique, trois vélos, des meubles de plastique et une piscine gonflable dégonflée. En outre, la remise tient lieu de resserre pour les outils et produits de jardinage. Rien d'exaltant. On s'apprête à rebrousser chemin lorsqu'une luciole verdâtre attire mon attention. J'enjambe un enrouleur de tuyau d'arrosage, contourne un barbecue, le sac de charbon de bois qui va avec, et découvre un coffre de congélation dissimulé sous des coussins de bateau.

La loupiote indique qu'il fonctionne. Bizarre, alors que le frigo est en berne. Alexandre, qui m'a rejoint en dégommant tout sur sa trajectoire, m'aide à virer les matelas et soulève le couvercle du congélo.

Un gros thon, quelques bonites, deux ou trois « bourgeois », l'excellent poisson local d'un rouge somptueux, une flopée de mérous de tailles et coloris variés... plus une main d'homme, crispée, tendue au milieu de cette pêche miraculeuse !

On dégage la poiscaille pour repêcher le cadavre enfoui dessous. Le type devait être noir avant d'être blanchi par le givre.

Nous extrayons le macchab de son sarcophage cryogène. Surtout pas le laisser tomber, sinon il va se briser en mille morceaux et ça fera désordre.

On le dépose précautionneusement sur un coussin. Béru émet son diagnostic :

– Lui, il a pas péri en mer. Mate un peu, Tonio : un couteau de cuistance en plein cœur. Modèle « Grand Chef », à mon avice, selonce la taille du manche.

Moi, c'est la gourmette accrochée au bouton de sa chemise qui m'interpelle quelque part et même un peu partout. Elle est gravée au nom de Calebasse.

– C'est le mari de Virginie ! grabulé-je (du verbe grabuler, assez méconnu).

– Tu l'connais ?

– Non, mais j'ai vu sa photo.

– Qu'est-ce qui branle ici ?

– Il suivait sa femme comme son ombre. Les kidnappeurs l'auront surpris et l'auront refroidi.

– C'est le cas de l'dire.

Je fouille le zigue. A part un billet de dix roupies plié en huit, une cigarette écrabouillée, je découvre dans ses poches une clé à bout triangulaire dans le genre des passe-partout qu'utilisent chez nous les contrôleurs de chemins de fer pour verrouiller les gogues et baguenauder d'un wagon à l'autre.

Aucune serrure de la casbah ne correspond à ce calibre.

Un peu désabusés, nous renfournons le cadavre dans son congélateur et décidons de quitter les lieux.

Pas commode de repartir par où nous sommes venus, l'arbre à *calou* étant à sens unique. Même si je lui fais la courte échelle, jamais le Mastodonte ne pourra se hisser jusqu'en haut de la paroi. Il va donc nous falloir ressortir par le portail.

Tandis que je m'escrime sur la serrure, Béru me tire par la manche et me désigne un portillon encastré dans l'un des piliers de l'entrée. Un panonceau indique qu'il s'agit du réceptacle hébergeant le compteur électrique.

La clé triangulaire entre dedans comme papaye dans mamangue. Et à l'intérieur qu'est-ce qu'on découvre, coincée sous le disjoncteur ?

La mallette !

Bravo ! T'es moins bouché que Bush, que veux-tu.

Chapitre dixième

Dans lequel quelques surprises me sont ménagées et au lecteur par la même occasion

Sur le chemin du retour, nous croisons le pauvre Janus qui fait du stop en sens inverti pour regagner son hôtel.

– Pleins phares et accélère, Gros ! Il ne pourra pas nous reconnaître, ni la bagnole.

– J'ai z'une meilleure idée.

Béru pile à sa hauteur et l'hèle (j'hésitais entre le et la) en lui exhibant le bambou matraqueur. Au cours de son existence, pour ne pas mourir idiot, il faut avoir entendu au moins une fois mon Alexandrette affecter une voix de pédoque. On croirait Marcel Prout à la recherche du vent perdu.

– Écute-moi bien, tsoi ! Si qu'je t'revoise

encure rôder autsour d'ma copine, j'te casse le cou pour de bon ! Et just' le cou, compis ?

– Oui, monsieur.

– Très bien. Tu r'truveras ta voitsure sur l'parkinge de l'Eden Palm. La marche pédestre, c'est excellent pour toi, ça musque les fessiers !

La chambre du Gravos renifle la semelle de gendarme, la truie allaitante, le munster en fin de saison, la canalisation crevée, la fosse septique, le pansement antiseptique, la philosophie sceptique, le pet craqué, le fuyard braqué, le canard laqué, l'aisselle auréolée, la faisselle égouttée, la vaisselle oubliée, le putois nerveux, le panaris poisseux, le gland vénéneux, la couche garnie, la dent pourrie, le string de barbie, l'haleine de fêtard, le colza blafard, le chacal goguenard, le fond d'urinal, le colombin en spirale, la minette sale, la salmonellose, j'en passe et des plus moroses.

Dans la turne contiguë, la mamie opère une minipause ménopausée dans son concours de bites. Son époux a pris le relais en ronflant comme un 747 en péril. Splendeurs et misères des galandages !

Madré comme je te sais, tu te doutes bien que

mon obsession première est d'ouvrir la mallette. Que je te la décrive, d'abord : croco noir, format attaché-case, elle est verrouillée par trois systèmes à complication requérant chacun la possession de cinq chiffres dans le bon ordre. Pour te donner une idée, tu as un milliard de fois plus de chances de gagner au Loto que moi d'ouvrir ce coffre-fort portatif.

Pour tester le système, je compose trois combinaisons au hasard et appuie sur le bouton d'ouverture. Une brève sirène se fait entendre, suivie d'un message anglomuche que je m'en vas te traduire en bon franchecaille, sachant ton incurie linguistique :

« *Third wrong number !* Troisième code erroné ! A la prochaine tentative infructueuse, l'objet s'autodétruira. Si vous essayez de le forcer, l'objet s'autodétruira. Attention, l'explosion occasionnera de graves dégâts pour l'entourage. »

– Je rêve ? glaffouille le Gravos (du verbe glafouiller, lequel ne prend qu'un *f* à l'infinitif). On se croiverait dans *Miction impossible* ou un épizobe de *Mac Givré* !

– Il vaut mieux renoncer à ouvrir cette mallette, réfléchissiège à voix haute. J'ai effectué la troisième tentative, Balla avait sans doute essayé le premier, et ensuite Calebasse. L'important est de la planquer en attendant d'en découvrir le secret. Dans ma piaule, c'est impossible ; dans la tienne, c'est risqué.

– Chez ma voisine, ça pourrait jouer. J'entre en tapis noir, je coule la valbombe sous leur pucier et le tour est joué.

– Les vieux ont le sommeil fragile.

Béru se caresse langoureusement la braguette.

– Et alors ? Y a justement l'p'tit Jésus qui se retourne dans sa crèche.

*
* *

J'atterris en souplesse sur le carrelage de la salle de bains. J'évite d'éclairer pour ne pas éveiller les soupçons de Constance dont l'appartement ne laisse filtrer aucun rai. Je passe dans ma turne et me désape dans l'obscurité. Je sème mes fringues aux quatre vents et pose le pétard de Pitt Van Bull sur ma table de nuit.

Après tant de péripéties patéticiennes,

quelques heures de black-out sont nécessaires pour réparer l'animal. Je me jette sur le paddock comme un sac de manioc.

Instantanément, la conscience d'une présence dans le lit me met en alarme. Je plonge la pogne vers le calibre lorsque la lumière éclate.

Constance est allongée à mon côté, portant pour unique tunique la bruneur de sa peau. Je remise l'arme, l'air assuré d'un mouflet surpris les doigts plongés dans le pot de Nutella.

– Salut, susurré-je en admirant la toison bouclée de son pubis de savane. Je crois que je vous dois quelques explications.

– Après ! Je veux d'abord que tu me fasses l'amour. Dès le premier instant que je t'ai vu, j'ai eu envie de rien besoin de toi comme jamais besoin de personne...

Elle s'allonge sur moi en me tournant le dos et frotte son sexe contre le mien. Inutile de te raconter à quel point je tiens le bambou !

Insidieusement, ses fesses remontent le long de mon ventre, puis de mon poitrail, tandis que ses seins se promènent sur le haut de mes cuisses. Elle se cabre et approche sa jachère de blé noir au niveau de ma bouche. Dans le même temps, ses lèvres me happent la tête chercheuse. Je l'empare par les miches. Ma langue plonge dans son Haribo framboise-réglisse et la pointe de mon nez lui titille la cerise confite. Je raffole de ce genre de con-friselis. La dégustation d'une nouvelle chagatte surpasse en émotion celles des plus grands crus. Château-margaux ? Tiens, fume ! Mouton-rothschild ? Va te faire tondre ! Pétrus ? Rien à voir avec un bon pétrousquin. Même l'yquem, si richement mielleux, ne pourra jamais rivaliser avec les liqueurs d'une femme désirée.

Contrairement aux filles du Nord qui commentent volontiers leurs orgasmes et les soulignent de glapissements glamoureux, celles du Grand Sud jouissent dans la confidentialité. Vivre dans des cabanes en tôle avec six marmots au pied de la paillasse vous inculque la discrétion. Tout juste si elle gémit en sourdine lors de son premier panard. Elle est surprise que je ne lui aie pas versé ses dividendes et que les cours de la Bourse restent tendus. Profitant de l'occase, elle fait volte-face et s'à-croupetonne sur mon CAC 25, le CAC 40 étant réservé à Béru, queue d'âne oblige.

Son corps ondule le long de mon ventre et sa poitrine...

☐ d'ébène
☐ de jais
☐ d'onyx
(coche la case de ton choix)

... danse au-dessus de mon visage. Au hasard, je gobe la praline du nichon droit, l'humecte, l'aspire, la tète. Puis je passe à l'aréole gauche pour ne pas faire de discrimination axiale.

Pendant ce temps, j'accélère la pistonnade. Les yeux de Constance se révulsent. Un demi-index dans la fraise tagada et elle part au fade sans tambour ni trompette, tout dans le velouté Liebig.

Sentant que je n'ai toujours pas largué le kérosène, elle pivote et m'engame à nouveau le bec verseur. L'épaisse douceur de ses labiales vient à bout de ma résistance. Mon kärcher à têtards lui décape le palais jusqu'aux amygdales. Elle déglutit lascivement et me débarbouille Nestor d'une langue experte. Voilà enfin une application positive de la mondialisation ! Si les Amèresloques envahissent la planète avec leurs armes de destruction passive, leur idiome agglutiné de chewing-gum, leur obésité galopante et leurs produits transdégénérés, nous au moins on répand tout aussi vite nos bonnes vieilles et dégueulasses techniques culières. Jolie compensation.

Constance Bonne-au-pieu pousse un long soupir d'aise et se dresse sur un coude.

– Maintenant je t'écoute, dit-elle d'un ton ferme.

Je décide de jouer franc jeu. A la réflexion, j'ai davantage besoin d'elle qu'elle de moi par les temps qui courent. Alors je lui déballe tout : ma visite dans la chambre de Jean Ballatouva, l'appel anonyme que j'y ai reçu concernant la mallette, le subterfuge dont j'ai usé pour essayer de coincer mon interlocuteur dès le départ de La Digue, l'exécution de Pitt Van Bull par un plongeur sous-marin, ma perquise à la villa Vilea, suite au coup de fil reçu à Paris, émis depuis ce poste téléphonique, la découverte du cadavre de Calebasse dans le congélo. Je ne lui cache rien, sauf la main mise sur la mallette dans le compteur électrique. Quand on détient un atout maître, il faut essayer de le conserver jusqu'à la dernière levée.

Tout capitaine des services spéciaux qu'elle soit, mon activité de ces dernières heures la laisse pantoise (chef-lieu du Val-d'Oise).

– Selon toi, Jean Ballatouva était encore vivant dimanche matin ?

– J'en ai la conviction.

– Et il se trouvait à la villa Vilea ?

– Il y a tout lieu de le croire.

– Il y aurait donc passé près d'une semaine aux mains de ses ravisseurs.

– Probable. D'où l'exécution de Calebasse qui, hanté par la jalousie, venait fouiner dans la propriété.

Constance Séraphin se lève et va enfiler son soutien-gorge et sa fine culotte. Après l'amour, la nudité vous gêne. Le poids de la civilisation l'emporte sur l'instinct animal qui a prévalu le temps d'une exaltation charnelle. (Pauvres petits fantoches que nous sommes, prisonniers de la société que nous avons engendrée pour vaincre nos peurs, et qui à son tour nous terrorise. Ce cocon nous étouffe, mais nous sommes incapables de le détricoter et de nous en évader, alors que même les larves y parviennent. Les seuls véritables instants de liberté d'un humain, c'est quand il jouit, qu'il pisse ou qu'il chie. Qu'on se le dise une fois pour toutes : la libération passe par nos sphincters.)

La belle se rassoit au bord du lit. Respectant sa pudeur, je me mets à plat ventre pour masquer Polo qui commence à se rencocagner.

– Et si, avant même le kidnapping de Jean et Virginie, Calebasse avait trouvé la mallette à l'occasion de l'une de ses visites secrètes ?

– Ce n'est pas exclu, con-cédé-je, admiratif.

– Il comprend que l'objet a de la valeur et se l'accapare.

Très fine, la petite mouche noire ! Car c'est exactement ce qui a dû se produire. Ne sachant où planquer la mallette dans son gourbi, il a eu l'idée de la dissimuler dans le caisson électrique. Astucieuse cache, puisque c'est lui, préposé au relevé des compteurs, qui en détient la clé.

– Le raisonnement se tient, admets-je avec une mauvaise foi patentée. Dans ce cas, il va falloir fouiller à nouveau la villa Vilea et tous les lieux fréquentés par Calebasse.

– On y veillera dès demain.

Je dépose un léger baiser sur le pain d'épice de son épaule.

– J'ai été honnête avec toi, Constance, en t'avouant tout. En contrepartie, j'espère la même franchise. Tu es naturellement au courant de l'assassinat de Pitt Van Bull, cet après-midi sur le *Silhouette* ?

– On ne parle que de ça, dans l'île.

– Que sais-tu exactement de ce type ?

Miss Bronze me la joue régule :

– Il a la réputation d'un savant sud-africain...

– Savant ! Dans quelle branche ?

– Il recense les populations d'oiseaux endémiques des Seychelles et étudie les flux des migrateurs de l'océan Indien.

Quand je te disais qu'il avait une tronche d'ornithologue ! On n'échappe pas à son faciès. Tu as déjà vu un vrai gentil avec une gueule de salaud ? Un riquiqui avec une gueule de costaud ? Un abruti avec une gueule de finaud ? Un Siffredi avec la gueule de Pinaud ?

Tiens, à propos, va falloir que je le rappelle urgemment, ce brave Pinuche.

– Depuis combien de temps Pitt Van Bull estil établi ici ?

– Environ trois mois. Il a loué une maison à La Digue et un gros bateau avec lequel il bourlingue d'île en île, bardé d'un impressionnant matériel scientifique.

– Est-ce qu'un seul de ses ustensiles pourrait valoir cent mille livres ?

– Pourquoi ?

– Parce que c'est la somme qu'il offrait à Jean Ballatouva en échange de la mallette.

Constance paraît abasourdie.

– Cent mille livres ! Mais c'est colossal...

– L'équivalent d'un million de roupies.

– Et où se trouve l'argent ?

– Dans la chambre de mon adjoint. Mais rassure-toi, il est à la disposition de l'État seychellois.

Avec une promptitude étourdissante, la fille s'empare du flingue à mon chevet et m'en applique le canon contre la tempe.

– J'ai un meilleur usage à faire de ce fric ! Tu m'as donné beaucoup de plaisir, San-Antonio, mais on va devoir se séparer.

– N'oublie pas le cran de sécurité ! dis-je, témoignant d'une force de caractère qui doit te méduser, toi qui bédoles dans ton slip sitôt qu'un clebs jappe dans le voisinage.

Du pouce, Constance relève la molette et, de l'index, presse sur la détente.

Un geyser de sang frais et de cervelle hachée menue inonde le plumard.

Troisième bobine

LES ENFERS DU PARADIS

Chapitre onzième

Dans lequel les couples se reforment, pas forcément pour le meilleur ni pour le Pirée

Un hurlement sauvage m'extrait des limbes.

Il fait grand jour et le soleil filtrant par l'interstice des volets me chatouille le bout du gland. Le cri est aussitôt suivi du son mat de la chute d'un corps inerte.

Bienvenue sur terre, San-Antonio !

Tout se remet en place dans mon caberlot, mais à rebours. Il est dix heures du morning. Dans la piaule voisine, la femme de chambre vient de découvrir le cadavre de Constance et s'est évanouie d'effroi. Un peu plus tôt dans la nuit, Béru et ma pomme avons transbahuté le corps et la literie d'un appartement à l'autre pour donner à croire que la jolie salope est cannée chez elle et non chez moi. Nettoyage express de ma turne, maculage de la sienne, ni vu ni connu, ça devrait marcher dans ce pays qui ne développe pas les technologies de pointe.

Évidemment, tu te demandes comment je suis encore vivant, puisque flingué à bout portant à la toute fin du chapitre précédent. Bonne question. Il était temps que tu te me la poses.

On voit que tu connais mal le Berluti & Weston 9 mm. Il s'agit de la première arme à rétropropulsion ambivalente bougnazée, mise au point par Bruce Weston, des services secrets sud-africains, sur le modèle de base de l'Italien Riccardo Berluti, comment peux-tu l'ignorer ? Mais heureusement que la *captain* seychelloise était aussi mal informée que toi !

Ce flingue possède la particularité de tirer vers l'avant du canon ou vers l'arrière suivant la position du cran de sécurité. Si je n'avais pas suggéré à Constance de relever la molette, à l'heure qu'il est, je voguerais dans l'éther. Comme quoi on est peu de chose, si on y réfléchit bien ! Et encore moins, si on y réfléchit mal.

Le bouton réinversé, ses empreintes sur l'arme : qui pourrait douter que Miss Séraphin se soit donné la mort ? D'autant que c'est véritablement véridique, les circonstances exceptées.

Je bondis sous la douche, puis dans un short et un t-shirt moulant. Tu me verrais, là, ma belle, ton string ressemblerait aux chutes du Niagara à la fonte des neiges !

J'évacue mon bungalow en petite foulée comme n'importe quel vacancier dans un établissement au-dessus de ses moyens, l'allure sportive du buveur de flotte étant censée justifier la pingrerie au bar.

La salle des petits déjeuners est comble. Les tablées braillent et s'interpellent, en français pour certaines, en parigot pour la plupart.

– Tu croies qu't'a pas assez picolé dans l'avion, René, pour attaquer au bloody mary ?

– La reine Mary, ell' t'pisse à la raie, Jojo ! Et en plus elle a ses doches !

– Comme Josyane ! Elle a changé trois fois le sachet de thé pendant la nuit.

– Josyane, elle t'emmerde ! Au moins les ringards dans ton genre essaieront pas de la sauter !

Nul doute, l'équipe du film vient de débarquer.

Installé à une table à l'écart de la valetaille des techniciens, machinos, régisseurs et acteurs de seconds rôles, Claude Sologne claque des doigts pour me faire signe d'approcher.

Il breakfaste d'un œuf à la coque au caviar et d'une omelette aux truffes préparés par Dominique, son (ou sa) secrétaire particulier(ère) que j'eus l'honneur de connaître à Saint-Cloud il y a quarante-huit heures et qui veille au contentement de son seigneur et maître.

– Antoine, mon ami ! Viens t'asseoir près de moi.

A rebrousse-poil, je prends place entre Sologne et son valet de chiottes. Il me propose de partager sa pitance. Je me contente d'un café black.

Il me claque les endosses affectueusement, signe que le réalisateur a pris le pas sur le producteur et qu'il a renvoyé aux vingt-deux mètres sa désespérance financière.

– Nous allons faire un film génial, je le sens. Et avec un pif comme le mien, crois-moi, la marge d'erreur est faible. On va te relooker, mon coco...

– Pourquoi me relooker, alors que je joue mon propre rôle ?

Il éclate de rire. Dominique lui emboîte la mâchoire et se fend la pomme en me montrant du doigt. La rage me monte au nez comme la moutarde Maille que j'apprécie tant pour sa forte et subtile saveur. (Publicité gratuite.)

– Dites à votre pédoque ou à votre broutasse d'aller voir dans les gogues si j'y suis. Sinon, je l'explose !

D'un balai de cils, Claude Sologne enjoint à Dominique de dégager la piste. L'androgouine s'efface en renaudant.

– Tu ne te rends pas compte, Antoine, que tu es trop vieux pour interpréter San-Antonio ? Pour tes lecteurs et pour mes spectateurs, tu as et tu auras toujours trente-cinq ans !

– Je n'ai guère plus...

– Guère, d'accord. Mais c'est ce « guère » que vont effacer nos esthéticiennes, maquilleuses et coiffeuses. Tu seras encore plus séduisant que nature, crois-moi.

J'avale mon café d'une seule lampée.

– Écoutez... Puisque vous me tutoyez, je vais vous tutoyer aussi pour ne pas avoir l'air d'un plouc. Alors je tiens à te dire une chose : Ballatouva est vivant. Du moins il l'était voici quelques heures encore. Je vais le retrouver, il va assumer mon rôle et tu me lâches la grappe, d'accord ?

Sologne rougit d'impétuosité sous sa pilosité d'imberbe s'évertuant à jouer les talibans.

– Pas question ! Tu as signé un contrat. Peut-être poussé par le ministre, mais j'en ai rien à secouer. Alors tu vas l'honorer, ce contrat ! Le tournage de ta première scène débute à quatorze heures précises. Chaque minute passée ici me coûte la peau des couilles. Si tu n'es pas présent au mot « moteur », je te colle un procès et te réclame des dommages et intérêts ! J'ajoute qu'on t'attend au bungalow 28. Merci. Ce sera tout pour l'instant.

*
* *

Marie-Marie !

Enfin... Marie-Marie adolescente.

Miracle du grimage : les couettes, les pommettes saillantes, les deux dents de lapin et le regard mutin !

Marie-Marie, quoi !

Charlotte m'aperçoit dans la glace et son visage s'illumine.

– Antoine ! Tu m'as tellement manqué pendant ces deux jours. J'ai cru mourir de tristesse.

– Toi, ici ?

– Je suis plus accrocheuse que la teigne. J'ai harcelé Claude Sologne jusque chez lui et il a fini par céder et me confier un rôle. Celui de Marie-Marie. Dis-moi tout : c'est un personnage important, cette fille, dans le scénario ?

– Dans le scénario, je l'ignore. Mais dans ma vie, oui. On a une petite Antoinette ensemble.

– Ouaou ! La veinarde !

Dans l'aparté de ma Ford intérieure, je me dis qu'avant qu'on ait un mouflet, Charlotte et moi, faudrait déjà qu'on tire un coup.

Deux filles sont penchées sur elle. Une blonde avec un cul de jument gravide et les mèches de Sharon Stone, et une brunette maigrichonne, duveteuse, baisable mais sans zèle.

Le bungalow 28, à l'évidence, tient lieu de salon de maquillage.

– Alors ? Je lui ressemble vraiment ? s'inquiète Charlotte.

– Incroyable !

La blondeur opulente me montre une minuscule photo d'identité de Marie-Marie jeunette.

– On travaille à partir de ce document. C'est tout ce qu'on nous a fourni.

– Bravo. Le résultat est étonnant. Vous êtes des magiciennes.

La brune m'alloue un sourire bondé de folliculine.

– On en finit avec Marie-Marie et on s'occupe de San-Antonio. Ça ne va pas être difficile de vous rajeunir, vous faites tellement pas votre âge. Un rien de fard sous les yeux, une touche de noir sur le persillage des tempes, et vous serez le personnage, monsieur de Crosne.

De Crosne ? Exact ! Mon nouveau blaze, c'est Antoine de Crosne. Ne pas l'oublier, mon garçon !

Charlotte me chope la main et la presse contre sa poitrine.

– Je tourne dans une heure. La scène où Marie-Marie tombe d'un rocher, balayée par une vague. Tu seras là ?

Le baraquement de Béru est en émoi. La

moitié du personnel de l'hôtel est agglomérée devant son appartement à l'intérieur duquel une joyeuse saynète se joue.

VOIX DE FEMELLE : J'veux pas jouir ! J'ai pas le droit ! Non...

VOIX DE BÉRU : Tiens ! Prends toujours ça, cochonne !

Grincements de sommier rudoyé.

VOIX DE FEMELLE : Non ! J'veux pas jouir ! Mais tu me défonces et j'adore ça !...

VOIX DE BÉRU : J'te défonce pas ! M'en reste encor' le double !

VOIX DE FEMELLE : J'veux pas...

VOIX DE BÉRU : Si ! Prends z'y tout !

Un craquement sinistre indique que le plumard a rendu l'âme. Ça n'arrête pas pour autant la furia d'Alexandre le Valeureux qui redouble de turbulence.

VOIX DE BÉRU : Tiens, salope ! C'est encore meilleur qu'deux tu l'auras !...

VOIX DE FEMELLE : J'aime pas que tu m'appelles salope. Et puis j'veux pas jouir ! J'veux pas jouir ! J'veux pas jouir ! J'veux pas jouir ! J'veux pas jouiiiiiiiiiiiiiiiiiiir !

La déferlante du Gros couvre à peine l'extase

de sa compagne. J'attends que les lubriques aient recouvré la paix des sens (de térébenthine). La foule se disperse et moi je toque à l'huis (Régo).

– N'entrez ! ordonne Béru. Et déposez mon brique-faste su'la table de chevêtre ! J'espère qu'z'avez pas oublié l'boudin créole et l'œuf d'autruche au plat ?

– Je regrette, monsieur, mais la dernière autruche a quitté les Seychelles il y a environ trois millions d'années !

– Tonio ! Qu'est-ce tu foutres-là ?

Je ne réponds pas, médusé par la présence sur son pucier de Mme Largefigue, la sexologue diplômée.

Pommettes rougeoyantes, visage ravagé par le plaisir, la jeune femme tente de masquer sa nudité en tirant sur le drap. Mais le Mastard est vautré dessus, le sexe oscillant entre apathie et rebandaison.

– Je suis navré, m'ex-cul-sé-je. Je ne m'attendais pas à vous retrouver ici, madame.

– Lucette et moi, faut qu'j'te l'avouasse, on est comme les trois doigts d'la main, ceux du milieu, ceux qui nous serv' vraiment. J'pouvais plus m'passer d'elle, elle pouvait plus s'passer d'moi, alors elle a rappliqué. L'a profité d'son influenza et d'sa notairiété pour obtiendre un' place dans l'avion espécial affritté par la production. Bien que j'soye à ch'val sur les principes, pour cette femme-là j'étranglerais ma Berthe d'mes propres mains, s'il le faudrait !

La toubibesse sort du lit sans plus masquer sa nudité. Il faut reconnaître qu'elle est charpentée comme une déesse.

– Puisque vous connaissez tout de mon intimité, commissaire, permettez que j'aille procéder à quelques indispensables ablutions.

Elle trottine vers la salle de douche, la foune dégoulinant de foutre le long des cuisses.

– Pardon, Alexandre, je te croyais encore en train de tirer ta voisine.

– Mes voisins ? M'en parle pas ! Ils se sont barrés au petit morninge. Figure-toi qu'un des rastas, plus ovaire-drogué qu'ses potes, s'est gouré : il a enculé le mari. Le vieux s'est pris un panard monumental. Vexée, la mémé a mis les adjas et maintenant papi lui cavale au panier à travers toute l'île.

Je me rembrunis.

– Et la mallette ?

– Y a pas d'lézard. J'l'ai planqué comme convenu sous leur paddock.

– Le pognon ?

– Il est là, dans mon n'oreiller.

Préoccupé, je quitte l'antre de Dumbo et tombe sur un policier en chemisette blanche et casquette plate de flic londonien. Il a le teint cappuccino et porte une moustache à la Saddam Hussein du temps qu'il retenait des larmes de contrition massive.

– Z'êtes M'sié de Crosne ?

– Affirmatif ! adjudanté-je, histoire de l'amadouer.

– *Mon oule poz ou de troi tit kestion.*

– Je vous écoute.

– Cette nuit même, z'avez entendu un quèque chose pas normal ?

– En effet, j'ai été réveillé par un bruit.

– *Ki manyer ?*

– Un genre de claquement sec. J'ai pensé qu'une porte s'était refermée brutalement dans la chambre voisine.

Moins débonnaire qu'il n'y paraît, le type hoche le chef d'un air soupçonneux. Il rameute son meilleur français.

– Comme un coup de pistolet ?

– Possible. Mais j'ai le sommeil profond. Je prends un somnifère.

– Bien, bien, bien, bien... Vous avez parlé hier avec Constance Séraphin ?

– Naturellement. Elle est chargée de ma protection.

– Elle était dans son état normal ?

– Comment cela, normal ?

– Un bon moral ?

Je m'engouffre dans la brèche.

– Pas trop. Elle m'a semblé un peu dépressive.

Le poulet au curry fronce ses sourcils charbonneux.

– *Mon pa kompren.*

– Je veux dire qu'elle était tristounette.

– Savez pourquoi ?

– Une affaire de cœur, je crois. Son mari ou son copain, je ne sais pas, heu... *kapler* avec une autre fille.

Il éclate d'un rire damé de chicots.

– *Kaple !* Ha, ha ! *Ou koz kreol !* Alors c'est bon, là. Mon tout compris.

– Il y a un problème, avec Constance ?

– Mais oui. Pour morte : suicidée elle-même !

Le policeman me demande de passer à l'occasion au bureau, juste à côté de la poste, pour signer ma déposition. Il me salue militairement et s'en va, satisfait du devoir accompli.

Affaire classée. Il peut retourner à la plage.

J'attends qu'il se soit effacé derrière un massif de bananias efflorescents pour pénétrer chez la viocarde nympho.

Tu me connais trop pour ne pas l'avoir déjà deviné : la mallette a disparu.

Chapitre douzième

Dans lequel je manque de perdre ma chère, tendre et fausse Marie-Marie

– Moteur !

Un machino présente son ardoise à la caméra.

– Ça tourne...

– Annonce !

– 23 sur 2, première !

Clap.

– Action !

« Marie-Marie » est à plat ventre sur un rocher, face à l'océan qui déferle. Elle se redresse, sublime dans son une-pièce avec vue sur le balcon et découverte des lisières de la Forêt-Noire. Couettes au vent, elle scrute l'horizon, une main dans le dos, l'autre en visière, comme une squaw sur les sentiers de naguère.

Je dois reconnaître que ma conquête est

davantage douée pour le mime de rue que pour la tragédie classique et même la comédie san-antonienne.

– Coupez ! vocifère le metteur en scène. Tu en fais des tonnes, Charlotte Mouleboeuf ! Je te rappelle la situation : Marie-Marie guette, elle aperçoit un voilier au large. Elle veut lui adresser des signes de détresse. Elle se relève, mais une vague violente la précipite dans l'eau. Elle y disparaît. Tout ce que tu as à faire, c'est te mettre debout, lever les bras, attendre la vague, chuter dans la mer et tenir dix secondes sous la flotte. C'est quand même pas sorcier ! L'expression de ton visage, on en fera un plan de coupe, O.K. ?

– O.K.

– On y va.

– Moteur !

Le machino présente à nouveau son ardoise.

– Ça tourne...

– Annonce !

– 23 sur 2, deuxième !

Clap.

– Action !

A plat ventre sur son rocher, « Marie-Marie » se redresse face à l'océan qui déferle. Cette fois, elle joue plus sobre, observe l'horizon et agite les bras en guise de sémaphore. La vague submerge le bloc de granit rose. Elle perd l'équilibre, bascule et disparaît dans un tourbillon écumeux.

– ... trois, quatre, cinq..., égrène Claude Sologne, six, sept, huit, neuf, dix... Coupez ! C'était pas mal. On remet en place et on la double.

Mentalement, je laisse défiler le compte, regard rivé sur l'eau tumultueuse : « vingt-deux... vingt-six... trente-trois... quarante... »

Charlotte ne remonte toujours pas.

Une onde rosâtre comme un trait de grenadine dans un cocktail zigzague à la surface.

Du sang !

Je plonge juste avant Julius, le secouriste engagé à cet effet. Les eaux limpides de la crique me permettent de repérer Charlotte, inconsciente, allongée sur un tapis de corail bleu. Son maillot sanguinolent est déchiré au niveau du ventre. Je la chope sous les aisselles et la ramène à la surface.

On nous happe, nous allonge sur la terre ferme. Le temps que je récupère, la belle est prise en charge par le réanimateur. Elle vomit un paquet d'eau salée, deux crabes minuscules, une brindille d'algue, et revient à la vie.

Son premier baiser hors bouche-à-bouche, c'est moi qui le lui donne. Elle me sourit.

– J'ai cru mourir. Tu m'as sauvée !

En cet instant, je ne sais pourquoi mon cœur se met à battre entre mes côtes comme le tambour d'une machine à laver...

*
* *

Barbe naissante, moustache postiche, collier de dents de requin, un os passé dans les trous de nez, un autre fiché dans les cheveux, Béru flanquerait la diarrhée verte à un guerrier papou.

– Excellent ! jubile Claude Sologne. Exactement le personnage que je souhaitais ! Nous allons tourner la séquence où Bérurier aperçoit les cannibales sur la plage alors qu'ils s'apprêtent à faire rôtir San-Antonio à la broche.

– Cette scène ne figure pas dans ma bande dessinée, relevé-je.

– Et alors ? Nous avons estimé que votre San-Antonio Crusoé n'était pas assez... comment dirais-je... Crusoé ! J'ai transformé la séquence.

Du moment que Sologne me revouvoie, ça veut dire qu'il s'exprime en tant que producteur.

– Vous auriez pu m'informer de ce changement.

– Et puis quoi encore ? On vous a grassement monnayé les droits d'adaptation, San-Antonio. Vous voulez le beurre et l'argent du beurre ? Tournage dans vingt minutes sur la plage. Salut.

Il sort en claquant la porte du bungalow.

Mon acolyte fait grise mine, pas tant d'avoir été travesti en Canaque d'opérette que pour sa responsabilité dans la disparition de la mallette.

– J'aurais jamais dû la planquer sous l'sommier des vieux kroums.

– Te monte pas le bourrichon ! Tu as fait au mieux. Ta nouvelle fiancée, ça boume ?

– Elle tire la gueule.

– A cause de mon intrusion ?

– Non, c'est plus fort qu'elle, faut qu'elle rouscaille chaqu' fois qu'elle prend son pied ! Et pourtant, plus salope, j'ai pas souvent connuce. Les gonzesses, tu sais... N'a propos, ta Charlotte ?

– Elle se remet doucement de ses émotions. Elle s'est raclé la couenne sur des coraux et assommée contre une rocaille. Mais ça va aller.

La maquilleuse blondasse au derche large comme la porte de Brandebourg rapplique avec un bigophone mobile à la main.

– M'sieur de Crosne, un certain César veut vous causer.

– Avé, Pinuche ! ponctue mon Néron privatif en fourrageant l'entrecuissarde de la fille.

Il a tout de suite pigé que ce cul magistral était à la mesure de sa trompe australe. La bouboulinE glousse, se trémousse et s'esquive en douce. Béru renifle ses doigts, les lichouille et conclut :

– Deux jours sans s'laver, ça c'est une bonne ! A m'rappelle un peu ma Berthe qui n's'détartre le fion qu'au jus d'corps-d'homme.

La voix de Pinaud est très présente, mais décalée, comme le coup de tonnerre après la foudre.

– Tu m'entends, Antoine ?

– Cinq sur cinq.

– T'es sûr que tu m'entends ?

– Si tu parles, oui, je t'entendrai.

– Voilà. Deux infos : d'abord, on a identifié

la fillette qui aurait été victime de Troipardeu. Une certaine Nathalie Braille. Braille, comme l'inventeur de l'alphabet pour aveugles...

– Bravo !

– Comment ?

– J'ai dit bravo. Tu l'as retrouvée ?

– Non. A la suite de cette affaire, elle a obtenu le droit de changer de nom. Et ça, c'est top secret.

– Il n'y a pas de top secret pour toi, mon bon César.

– Je vais essayer, mais je ne te promets rien.

– Et l'autre nouvelle ?

– Comment ?

– L'autre nouvelle !

– Ah oui ! Excuse, à cause de l'écho, je ne pige pas tout. L'autre nouvelle, c'est que dans les deux véhicules volés sur le tournage du film télé, le fourgon de police qui a servi à récupérer l'argent du meurtre de Troipardeu et le taxi depuis lequel on a flingué Mlle Brancoche, on a retrouvé les mêmes traces d'A.D.N.

– Ce qui prouve formellement que les deux histoires sont liées !

– En effet. Je fais procéder à des tests sur tous

les individus qui ont pu avoir accès au parking où les engins ont été dérobés. Je te tiens au courant.

– Parfait ! Dis-moi, Pinuche, je voudrais entrer en contact avec Amélie, ma future belle-fille. J'ai besoin de ses compétences à propos d'un codage de serrure. Tu pourrais lui dire de m'appeler au plus vite ?

– Justement, j'allais... tuuuuuuuut...

L'écran du téléphone affiche « Batterie déchargée ». Et merde, même les batteries !

Hippolyte, l'assistant de Claude Sologne, un grand brun frisotté, presque aussi sublime et baraqué que moi, entre en coup de sirocco.

– Messieurs ! En piste ! Vous avez bien éteint vos portables ?

– Tu nous prendes pour des caves ? gronde le pape des Papous.

– Non, non ! C'est la procédure : je voulais juste m'assurer...

– La prochaine fois, pour t'assurer, va à la M.A.A.F. ; autrement sinon, ça s'ra des baffes !

La plage est déserte. Des stagiaires contiennent les touristes au-delà d'un périmètre de tournage en leur réclamant le silence.

Sous des angles variés, les trois caméras sont braquées sur un cocotier si bien penché vers la mer que ses palmes balaient le sable.

– Moteur !

Le machino brandit son ardoise.

– Ça tourne...

– Annonce !

– 46 sur 3, première !

Clap.

– Action !

Une monstrueuse paluche, presque aussi velue qu'une patte de gorille, écarte les palmes et le visage de Béru paraît. La vision de ce portrait aurait suffi à détourner la division Das Reich et à l'envoyer se précipiter à la mer. Aujourd'hui, Oradour compterait plus de vingt mille habitants. L'histoire tient souvent à ces détails.

Une autre main s'abat sur mon épaule. Celle de Momi, le rasta.

– Patron, *mon gagn en ti problem...*

– Quel genre de problème ?

– *Un dimoun in vir ou lasamb enba lao.*

– Ce qui signifie ?

– Quelqu'un a tout fouillé renversé dans ta chambre.

– Et comment tu le sais ?

Le Black lisse ses dreadlocks, la mine gribouille.

– Excuse, j'ai visité après. *Ou ankor dwa mwa en pe larzan.*

– Il n'y avait aucune valeur dans ma piaule. Tu seras payé de ce que je te dois. Mais en attendant, surveille mes affaires comme du lait sur le feu. Sinon, je t'envoie en cabane, compris, bandit ?

– Compris ! Toi, t'es un chef.

Hippolyte s'approche.

– Votre ami Alexandre est parfait. La première prise est la bonne. Ça va être à vous.

En toute franchise, je tords un peu le naze.

– Dites-moi... La scène où on me fait griller sur la plage, ça se passe comment, pour la broche ?

L'assistant éclate de rire.

– Aucun souci, vous serez doublé. Douze danseurs de chez Michou se sont portés volontaires.

Chapitre très treizième

Dans lequel est formellement démontrée la malédiction traîtresse de ce chiffre 13

Déjà, le débarquement a été périlleux.

La suite est inimaginable. Dans les circonvolutions de ma bouillonnante cervelle, elle a pourtant été imaginée. Tu vas en mesurer l'horreur.

L'île Marianne est la plus éloignée de l'archipel de Praslin. Vue du large, elle offre la silhouette d'un chapeau tonkinois : une montagnette de granit plongeant en pentes raides dans les tumultes de l'océan. Inhabitée depuis trente ans, elle est redevenue sauvage, envahie par les cocotiers et une jungle sinon inextricable, du moins difficilement tricable et encore moins cyclable.

On accède à son unique plage de sable fin par une étroite échancrure dans la barrière de corail.

Ou tu vises juste, ou tu fracasses le fond de ton rafiot.

Durant de longues heures, les manutentionnaires de la production, assistés de marins seychellois, ont déchargé les embarcations trop lourdes pour franchir la passe, à l'aide de barcasses capables de surfer sur les vagues déchaînées.

Ils ont débarqué tout le matériel nécessaire à l'équipe de repérage, des vivres pour trois jours, les animaux participant au tournage avec leur dompteur, quelques techniciens et comédiens dont ton plumitif serviteur.

J'ai connu la joie d'être transbahuté en compagnie de Dominique, l'assistant de Claude Sologne, qui s'est mis à gerber dès la première houle. Comme il était assis en plein vent, j'ai vu défiler tout son midi en gros morceaux à peine mâchés. Finalement, un hamburger, c'est encore plus joli quand c'est vomi : cornichons, mayonnaise, ketchup, ça fait l'effet d'un feu d'artifice à la vénitienne.

Tout juste débarqué, Béru s'est mis à cavaler sur la grève :

– Z'avez vu ? Une chèvre blanche ! Elle doit avoir du lait...

– C'est un mâle, a rigolé Momi.

– Alors il a de la viande !

A la nuit tombée, les gros barlus sont repartis, nous laissant seuls sur l'îlot désert, avec pour compagnons les vampires qui tournoyaient par milliers dans le ciel violacé. Paraît que les chauves-souris locales ne mangent que des fruits. Mais une carotide bien gorgée de sang frais, n'est-ce pas du genre fruit rouge ?

Au-delà du récif de corail, une vedette est ancrée. Julius, le secouriste, reste à bord avec le matériel de survie, le relais radio nous permettant de rester en relation avec la base de Praslin car les communications par portables ne passent pas, à Marianne. Il dispose également d'un Zodiac à même de faire la navette entre le bateau et la plage en cas d'urgence.

Un campement de fortune a été établi dans la cocoteraie qui surplombe la rive. Genre tentes militaires dressées entre les vestiges des baraques du temps où plus de cinquantes autochtones cohabitaient ici et se râpaient les noix pour fabriquer du coprah, mon coco.

On m'a affecté une guitoune en compagnie de Charlotte, ce qui part d'une bonne intention.

Mais nous devons partager notre bivouac avec Béru et sa Lucette qu'il a exigé d'embarquer avec lui.

Le second cantonnement est occupé par Hippolyte, l'assistant, René, le chef opérateur, et Dominique.

Claude Sologne partage la troisième tente avec lui-même.

Diego, le dresseur d'animaux, dormira dans un sac de couchage auprès de ses petits protégés.

Quant à Momi, qui a été engagé comme éclaireur, homme à tout faire et cuistot, il se démerdera pour roupiller dans une case de vide. Il connaît parfaitement les lieux pour y avoir bourlingué sa jeunesse dupont (désolé, c'était pas durant).

Pour l'heure, nous sommes tous rassemblés sous un énorme *takamaka*. Tous, à l'exception du rasta et de Béru qui nous concoctent un barbecue à l'autre bout de la plage. Quelques lampes alimentées par un groupe électrogène ont été accrochées dans les branches de l'arbre centenaire. Elles nous dispensent une lumière har mais parci (monieuse).

Claude Sologne, en marcel et boxer-short (tu

ne le verras pas souvent dans cette tenue rue Lincoln), prend la parole sans cesser de suçoter son sempiternel cigare. Marque : Puma de Mapu. C'est lui qui avait converti Troipardeu aux délices de cette Havane. (Après amours, délices, maurices et orgues, tout ce qui suit est au féminin. Si tu as oublié ta grammaire, lis mon pote Orsenna, il va te rééduquer.)

– Mes amis, nous sommes ici pour nous familiariser avec cette extraordinaire nature au cœur de laquelle nous allons réaliser le plus grand film d'aventures et d'humour à la française. Jamais un sujet de cette envergure n'a été tourné en conditions réelles. Même *Apocalypse Now*, ne l'oublions pas, fut filmé en grande partie dans le jardin de Francis Ford Coppola avec quelques raccords en Indonésie pour faire genre.

L'infatigable producteur lève son verre en plastique et fait mine de trinquer avec chacun.

– Nous constituons l'avant-garde de cette exceptionnelle mission cinématographique. D'ici trois jours, les autres membres de l'équipe nous rejoindront. Profitons de ces heures électives pour nous constituer en un indissoluble pack résolument tourné vers la réussite de mon entreprise. J'en ai terminé.

Il avale son mousseux. Nous l'imitons.

– Il a la pêche ! me chuchote Charlotte.

– Il a surtout la foi en un seul dieu : lui-même. Cela dit, il existe pires divinités.

Au tour de Dominique de nous infliger sa parlote. Les sous-fifres adorent jacter derrière leurs chefs-fifres. Il nous exhorte à la prudence dans cet univers équatorial que nous maîtrisons mal. Nous recommande de ne pas nous aventurer au cœur de l'île, au risque de nous perdre. Puis conseille à tous les Blancs de se tartiner de protection intégrale pour éviter les cancers de la peau.

– Si les Noirs n'ont jamais de mélanomes, rigole-t-il, c'est parce qu'ils sont eux-mêmes des mélanomes sur pattes.

– Dominique ne serait pas un brin raciste ? s'insurge Lucette.

– Raciste, peut-être. Con, c'est sûr ! Ou conne.

Ravi de son effet, le bouc-bique nous annonce qu'on peut passer à table. Au menu : poissons du lagon et poulet au barbecue.

Momi et Alexandre rappliquent en trimbalant une grille chargée de victuailles.

– Bonne nouvelle ! brame le Gravos qui a dû dénicher quelques boissons fermentées, j'ai agrémenté l'ordinaire : homard flambé pour tout le monde !

Diego, l'animalier, jette un œil sur la plaque de cuisson.

– Nom de Dieu ! Ce sont mes homards !

– Si c'est à toi, t'auras double ration ! concède le Maître-Queue.

Sologne intervient à son tour, fou de rage.

– Ne me dites pas que ce pourceau a grillé les homards du tournage ?

– Hélas ! confirme Diego.

– Bougre de salopard ! Ces homards devaient jouer dans la scène culte où Bérurier se fait pincer les orteils par ces crustacés !

Mon Alexandre-Benoît dodeline de la hure.

– J'pouvais pas savoir ! Z'étaient à côté du poulet. J'ai cruve qu'c'était d'la mangeaille !

– La peau des couilles, ça m'a coûté, de les faire venir vivants de Roscoff ! tempête Sologne.

Momi vole au secours de son aide-grillardin.

– Pas grave ! *Oumar, mon capab gagn kantité !*

Diego n'est pas d'accord. Les *oumars* locaux sont en fait des langoustes, et les langoustes ne possèdent pas de pinces. Soucieux d'aplanir ce contretemps, il assure qu'il trouvera une solution et que les langoutes du cru feront l'affaire : il les affublera de prothèses de sa fabrication.

– J'espère au moins que vous n'allez pas bouffer le tigre, le boa, les deux crocodiles ni le kangourou, Bérurier ? vitupère le producteur avec l'accent tonique de Galabru.

– Bien sûr qu'non ! promet Son Altesse Dévorissime. Quoique... paraît qu'le kangourou, c'est pas si mauvais qu'ça !

– *Si oulé mon l'avis,* intervient le rasta, n'a jamais eu tigre, kangourou ni serpent aux Seychelles, et les crocodiles finis depuis longtemps.

– On s'en fout ! rugit Sologne. On tourne ici parce que c'est beau et que le gouvernement nous y a autorisés. L'île de ce film est une île Crusoé jaillie de l'imagination baroque de San-Antonio et peuplée de toutes les bestioles qui gravitent dans son monde extravagant. Je respecte l'auteur. Respectez le producteur et arrêtez de manger le décor, compris ?

Vague brouhaha de soumission. Dominique

signifie la trêve en chopant la main de Lucette et celle de Bérurier.

– Quand les carottes sont cuites, il faut les tirer du feu, minaude-t-il. Moi, j'adore les fruits de mer. Régalons-nous.

Alexandre me flanque un coup de coude, la frime bouledoguée.

– Ton avis ? C'est ma gonzesse ou mécolle, qu'y drague ?

– Les deux, mon général.

*
* *

Chuchotis sous notre chapiteau :

– Non, je veux pas. Il y a du monde.

– 'Rête tes conneries, ma Lucette ! L'monde, c'est Antoine, mon chef et l'meilleur pote qu'j'ai eu dans ma vie. Y va pas s'informaliser. Et pis on est dans l'noir...

– Il y a la jeune fille, aussi.

– Charlotte ? C't'une actrice, et les actrices elles zobtiennent jamais d'rôle si elles couchent pas. T'inquiète ! Même si qu'on baise, ça lu f'ra pas un troisième trou au cul.

J'attrape ma douce par la main et l'entraîne hors de ce lupanar d'infortune. L'instant est magique. La lune enlunit la grève et darde ses rayons sans manifester de préférence pour Frédéric ou Patrice. Enfin, une vraie comparse.

Nous vaguons nus à la frange des vagues, histoire de me faire écrire une phrase à la con. Charlotte s'allonge sur le sable humide. Je m'étends auprès d'elle, le cœur cognant. Nous échangeons un baiser de longue haleine. Ma main la plus hardie survole son sein le plus timide. Elle frémit à cette effleurescence.

– Je veux que tu me prennes ! implore-t-elle. Fais attention à mon ventre.

J'avais oublié sa blessure corallienne barrée d'un large pansement. J'en connais qui dégoderaient pour moins que ça. Je ne les dénoncerai pas.

Quand le missionnaire est de permission, ne reste parmi les postures classiques que la levrette sauvage. Charlotte se cabre sur ses quatre paturons, offrant sa protubérance callipyge à mes ardeurs. Un petit crachat sur l'ogive et la jonction s'opère sans dommages collatéraux. Elle pousse une jérémiade telle que les chauves-souris retournent se suspendre tête en bas dans les manguiers, que les crabes loulous s'enfouissent dans leurs terriers, qu'une tortue vient avorter de deux cents œufs couvés et qu'un scorpion se kamikaze d'une lance de son propre dard. (Tiens, encore eux !)

J'accélère la course. Charlotte grimpe en régime mais semble coincer du joint de culasse. Au bout d'un petit quart d'heure, je pige qu'elle appartient à la famille des patientes du docteur Largefigue : celles qui ont besoin qu'on leur triture le berlingot. Je lui coulisse un finger dans le triangle des Bermudes et lui interprète le fameux concerto pour deux mandolines, sans cesser pour autant la chevauchée de la Vache-qui-rit.

Quand elle explose de bonheur, une vague à rebours (comme Pearl) me submerge les roustons. La houle suivante les nettoie. Je décule par prudence et joue au grand jet de Genève. Tout juste si j'arrose pas la Croix du Sud. Nous demeurons longtemps, épanouis sur le dos, à nous laisser débarbouiller par les clapotis de l'océan.

– C'était divin, glousse Charlotte, mais arrête de me chatouiller les pieds !

– Je ne te chatouille pas les pieds, voyons : regarde mes mains.

– Je te dis que tu me chatouilles les pieds !

Je m'arc-boute sur les coudes. Une main frôle en effet par intermittence la voûte plantaire de Charlotte. Je me dresse d'un bond et chope cette paluche sortie de la mer.

Elle est prolongée d'un bras, lui-même suivi d'un tronc couronné par une tête qui ne m'est pas inconnue.

– Julius !

– Le secouriste ? Mon Dieu ! s'affole Miss Mouleboeuf. Il est mort ?

– Noyé.

– Accident, ou suicide ?

– Peut-être ni l'un ni l'autre, conclusionné-je.

Un coup d'œil vers le large. Le bateau de rescousse a disparu.

– Viens, ma puce, on va planquer le corps. Il ne faut pas affoler nos compagnons.

*
* *

Retour au bivouac. Lucette est assise en tailleur devant la tente, le menton entre les poings. Elle ne nous adresse pas la parole.

– Elle fait une drôle de gueule, murmure Charlotte. Ton pote a dû la rater copieux.

– Au contraire, c'est quand elle prend son pied qu'elle tire la tronche. Va comprendre les femmes.

Je caraquatrepatte jusqu'à Béru qui roupille nu sur le dos, son ventre rebondi zébré de coups de soleil. On croirait un saucisson de Lyon prêt à cuire. Je le secoue. Il lève un cil chassieux et s'ébroue comme un canasson.

– Comment fais-tu, Alexandre, pour roupiller aussi vite et partout ?

– La méthode est simp' : j'compte les moutons. Un mouton, deux gigots, des flageolets, un pet... Un mouton, deux gigots, des flageolets, un pet... N'en fait, c'est les gaz qui m'soporifient. Y a un problème ?

Je lui révèle le décès de Julius et l'évaporation de la vedette et du Zodiac.

– Merde, ça continuye ! Tu croives vraiment que quéqu'un essaye d'véroler le film ?

– J'en sais rien. Mais après ce nouveau mort, il faut rester sur le qui-vive.

***

Un feulement d'effroi réveille la cambuse. La toile de tente est lacérée puis éventrée derrière le Gravos que sa Lucette a fini par rejoindre pour la nuitée. Je bondis auprès d'eux.

Béru est assis sur son grabat, hagard comme saint Lazare ressuscité.

– Ha ! Nom d'un bleu ! Figure-toive qu'y avait un chat qui m'léchait les bajoues. J'm'ai réveillé en sursis. C't'était pas un minou, mais un tigre du Bancal. D'saisissement, j'y ai roté à la gueule. Du coup, l'matou zébré s'est cassé, et on n'est pas près d'le revoir ! J'crois qu'Momi avait forcé sur l'ail et l'gingemb'.

– Un tigre ?

– Je vous jure ! confirme la sexologue.

– Donc, celui de Diego !

J'enfile un maillot de bain, le Mastard un pantalon, et nous fonçons vers le site réservé aux bestiaux, dans le petit jour qui point à la ligne. Nul besoin d'être grand clerc ni d'avoir l'œil clair ouvert pour constater que le félin, mais aussi le kangourou, les crocodiles et le cobra se sont fait Lapeyre. (Publicité encore gratuite.)

Une main malintentionnée leur a ouvert les cages.

– Liki ou maman ! jure une voix dans notre dos.

Momi vient de rappliquer.

– *Bann zanimo taye ?*

– Ouais ! Y s'sont tous barrés ! confirme Béru qui, décidément, entrave de mieux en mieux le créole.

Le dresseur est allongé non loin de là, enroulé dans son drap de couchage.

– Diego ! On a un souci, lancepierré-je. Hé, ho ? Diego ?

Le type ne répond goutte. Une sourde angoisse déclenche le charivari dans mon guignol.

– Il est canné, lui aussi ? stéphané-je (variante de mallarmé-je).

– Mais non, voye un peu, ça bouge en dessous.

Je me penche sur le dormeur et le découvre d'un geste rétif. Sachant me contrôler, je réprime un cri d'effroi. Le corps de Diego grouille d'horribles bestioles brunâtres tenant à la fois de la chenille et du scorpion. Plus défunt que notre pauvre dresseur hidalgo, il faut remonter à Isabelle la Catholique ! Il a le visage boursouflé d'un mec qui vient de faire trois round de trop contre Tyson ou qui a passé sa nuit de noces avec la reine d'un essaim de frelons.

– Des cent-pieds ! frémit le rasta.

– C'est quoi, cette horreur ?

– Scolopendres géantes !

A grands coups de son talon nu, Momi écrabouille les intrus. Surmontant notre dégoût, l'Enflure et moi l'imitons.

– Et ces cent-pieds l'ont attaqué ?

– Impossible. Un cent-pieds pique toi par hasard. Gros mal, l'hôpital parfois, mais pas mourir.

– Alors ?

– Un zhomme ramassé quantité cent-pieds et mette dans son lit. Beaucoup piqûres, là, capable mourir.

– On l'a assassiné, quoi !

Béru piétinant les scolopendres m'évoque un danseur de flamenco obèse en proie à une crise d'hémorroïdes.

– Tu sais, Tonio, ça me rappelle une émission de Koh Lanta, mais ça se terminait bien.

– Cette fois, n'attends pas que Denis Brogniart vienne te sauver la mise.

Je farfouille dans les affaires de l'infortuné Espingo et récupère son fusil à flèches hypodermiques. Si ça ne vaut pas une kalachnikov, comme arme de défense, c'est toujours mieux qu'une fondue au vacherin.

***

En formation serrée, nous revenons au Q.G. Mon Dieu, que le petit jour a grandi ! Il est devenu adolescent.

Assis sous un arbre dans son fauteuil de réalisateur, Claude Sologne manipule son portable en maugréant :

– Merde ! Impossible de téléphoner ! Le relais à bord du bateau ne fonctionne plus. Et, comble de bonheur, mon frigo s'est transformé en garde-manger pour asticots. Il n'y a plus de courant depuis le milieu de la nuit. Le groupe aussi est naze. Vous qui êtes plus malin que les autres, San-Antonio, vous pourriez faire quelque chose ?

S'il me revouvoie, c'est que le produc a repris le pas sur le metteur.

– Certainement, mon cher Claude.

Je retire lentement la bride de mon fusil anesthésiant, épaule et pointe le canon dans sa direction.

– Ne bougez surtout pas ! ordonné-je.

– Qu'est-ce qui vous arrive ? Vous êtes maboul !

– Pas un geste !

– Écoutez, Antoine... Si ce sont les conditions de votre contrat qui vous déplaisent, on peut toujours en parler. Je vous offre 5 % des revenus nets part producteur. Je peux pas aller au-delà.

Il faut viser entre les lunettes et que la pointe

de la flèche perfore le cerveau. Sur toute autre partie du corps le produit soporifique agira trop tard...

– Pitié ! J'irai jusqu'à 6 % !

Ma pupille se dilate. Mon doigt se contracte. Bang !

Le cobra se cabre, dévoilant ses crocs et sa languette rosâtre. Puis sa tête retombe, inerte. Le boyau d'écailles coulisse le long de la branche et s'écroule aux pieds de Claude Sologne.

Le producteur tarde à comprendre la situation. Il regarde hébété la dépouille du serpent à lunettes.

– Mais... c'est le cobra de Diego !

– Désolé ! On continue à s'en prendre au décor. Mais il allait vous sauter au cou.

– Merci, San-Antonio, merci ! Vous m'avez sauvé la vie. Mais vous avez bien compris que pour les 6 %, je plaisantais. Ça me mettrait sur la paille.

*
* *

Béru suit le sentier en crachotant comme une vieille loco. Il balance un glaviot puis reste interloqué devant un arbuste.

– On dirait des oranges !

– Ce sont des oranges.

– Quelle chiasse, elles sont pas mûres .

– Si ! Bien mûres ! *Kapab manz sa zoranz,* précise Momi.

– Alors pourquoi qu'elles sont vertes ?

– T'as jamais vu des citrons verts ? ricané-je.

Le Gros cueille un fruit, mord dedans, recrache la peau et se repaît du jus frais et astringent.

– Ça décape les ratiches, mais ça dessoiffe. C't'encore loin, l'groupe érectogène ?

– On n'a qu'à suivre les câbles.

Pour le protéger de la salinité maligne des embruns, le générateur a été installé à une cinquantaine de mètres au-dessus du niveau de la mer. Mais, dans cette jungle abrupte et chaotique, chaque pas constitue une véritable escalade.

Nous parvenons sur le replat convoité. Le chef opérateur est agenouillé devant la machine.

– Ben, tu vois, Tonio, faut toujours qu'tu

t'montes le bourrichon. René est déjà à pied d'œuf, n'en train d'réparer sa bécane !

Tu parles !

Le groupe électrogène a été décapoté. Une main de René est ligotée au pôle plus, et l'autre sur la borne moins. Son visage violacé exprime tous les tourments d'une électrocution. Sa moustache carbonisée évoque les piquants d'un hérisson grillé dans une fête manouche. Ses yeux attaqués par les mouches commencent à suppurer le long de ses pommettes parcheminées.

– Liki ou maman ! *Ki nabou fer kek soz kom sa ?* se lamente le rasta.

Je désigne les boutons du générateur.

– Regardez ! On a flatulé le voltage de Gauss Méjean et subliminé les ampères de Kouilh. Sa mort a dû être un supplice. Cette fois, aucun doute possible : il s'agit d'un crime.

– On n'a z'affaire à un tèchenocrade en éleccentricité ! corrobore mon lumineux adjoint.

***

– Patron ! Venez vite !

Larguant Béru, je dévale les rocailles pour rejoindre Momi. Je l'avais envoyé en estafette avec ordre de rassembler toutes les forces vives en un même lieu.

Je le retrouve à l'embouchure de l'unique rivière, au cœur de la mangrove. Tu crois que j'ai le temps de t'expliquer que la mangrove est une forêt de palétuviers s'étendant sur la bande littorale des côtes marécageuses ? Franchement ! En pleine action ?

– C'est horrible, patron !

Dominique est accroché par le bras à une racine, le corps aux trois quarts immergé dans les eaux glauques et saumâtres. Sa tignasse s'est affaissée sur ses joues molles. Il a le teint beigeasse et granuleux d'une meringue mal cuite.

– Aide-moi !

J'attrape l'assistant de Sologne sous le bras gauche, Momi sous le droit, et nous tirons. La légèreté du macchabée nous surprend et nous basculons sur le cul en plein dans la gadoue.

Que je t'explique : de Dominique il ne reste plus que le buste, le reste du corps ayant été dévoré jusqu'au ras des bronchioles.

Des remous dans le marigot terrorisent le rasta.

– Crocodiles Diego ! Ils sont là ! Grand danger !

Fracas sous les branchages. Dans sa furiosité à nous rejoindre, Alexandre a raté la dernière marche de granit et se retrouve plouffant au cœur de la piscine aux caïmans.

Tourbillons ! Écume ! Bulles ! Vase remuée. Un crocodile remonte à la surface, ventre en l'air

Sur la berge, Béru réapparaît. On l'aide à s'extraire de l'onde. Il est furibond.

– Non, mais c'est quoi ces Lacoste d'l'ère poitrinaire ? Y en a un, je lui ai pété à la truffe, y s'est barré en haute mer. L'aut' l'était tellement z'agressif que j'ai été z'obligé d'lu filer un coup de boule dans les gencives !

Il considère le semi-cadavre de Dominique.

– Quel dommage ! On saura jamais si c'était un garçon ou une fille...

***

Nouvelle source d'angoisse au campement : Claude Sologne et Charlotte se sont évaporés. Et le fusil hypodermique itou.

– Elle est sortie en maillot de bain deux pièces, raconte Lucette. Elle m'a indiqué qu'elle allait faire pipi. Elle n'est pas revenue.

Le grand Hippolyte frictionne ses tifs bouclés. Il n'a pas l'air bien éveillé.

– J'étais seul sous la tente. Comme on a picolé hier soir, j'ai pensé qu'il était tard et que j'allais me faire ramoner par le pacha. Mais personne ! Rien, à part Mme Largefigue...

Momi se met à marmonner des incantations dans lesquelles il est question des Jacots et des Sangoulas, héros de la mythologie seychelloise.

Il est grand temps de se ressaisir.

– Soyons pragmatiques, déclaré-je. Nous ne sommes plus que cinq. Julius, Diego, René et Dominique sont morts. Claude et Charlotte ont disparu. Nous voici confrontés à un tueur méthodique qui, par bonheur, ne dispose pas d'arme à feu. Peut-être s'est-il maintenant emparé du fusil anesthésiant ? Il faut retrouver ce type au plus vite et le mettre hors d'état de nuire.

En m'écoutant parler, j'ai l'impression de

suivre un film panaméricain sur la guerre du Vietnam. Comme quoi, il n'existe pas trente-six manières de vivifier ses troupes.

– Béru, tu vas longer la côte en direction du nord. Lucette t'accompagnera. Elle sera sous bonne garde. Momi et moi, nous allons explorer côté sud. Quant à toi, Hippolyte, tu vas rester ici et guetter toute embarcation qui passerait à proximité.

– Fais grand feu sur la plage ! conseille le rasta. On le verra bien depuis La Digue. Peut-être *dimoun* va venir !

– Qui c'est, *Dimoun* ? interroge l'assistant réalisateur.

– Ben... *dimoun*, ça veut dire des gens...

– Ouais, pigé : du monde égale *dimoun* en créole.

– Malice, toi, Hypopolype !

– Allez, en route ! fulguré-je.

– On pourrait pas boire un' t'ite bière, avant ? quémande le Gambrinus des Isles.

– D'accord, mais une seule.

Cette binoche fut de trop, tu vas le constater tantôt.

***

Parvenus au sommet du grand éboulis de la pointe méridionale nous éprouvons le besoin de souffler un peu. L'endroit est féerique. L'érosion a creusé une vingtaine de piscines naturelles dans les rochers. On les appelle les *pools*. Certaines sont circulaires, d'autres ovales, en étoiles ou en croix. Toutes sont emplies d'eau de pluie plus chaude que le bain de bébé.

Ému, Momi s'allonge dans l'une d'elles qui épouse à merveille la forme de son corps lorsqu'il écarte les bras.

– Je pouvais rester des heures là même à regarder le ciel. *Ozordi*, pour le même trip, je dois fumer *kantité pipes chichon. Mon kroir mon lavi in gagn en pe faye* ! (Je crois que ma vie est devenue fragile.)

Nous redescendons par le versant opposé et débarquons sur une miniplage de rêve. Une pièce de tissu rose est restée accrochée aux branches d'un arbuste. Le soutien-gorge du bikini de Charlotte !

– C'est à ta femme ? s'étonne le rasta.

– A ma copine, oui.

– Chez nous, on raconte l'histoire d'un Jacot enlevé par les Sangoulas. Il larguait *ti corail* derrière lui pour marquer son chemin.

– Le même conte existe chez nous aussi : celui du Petit Poucet. Il semait des miettes de pain ou des cailloux. Un soutien-gorge, ça ne se paume pas par inadvertance. Ce n'est pas Charlotte qui nous guide, mais l'Ogre qui l'a kidnappée qui veut nous attirer. Je te conseille de rester sur tes gardes, Momi...

Il ne s'intéresse guère à mes propos. A quatre pattes dans le sable, dans l'attitude du chien d'arrêt, il examine des traces.

– Calebasse !

– Quoi, Calebasse ?

– Calebasse est passé par ici, accompagné d'une fille.

– Calebasse, le mari de Virginie ?

– Regarde cette marque : un grand pied avec trois doigts seulement. C'est lui.

– Impossible !

– Si ! Calebasse ! s'obstine Momi. Lors d'une

plongée de nuit, il a été attaqué par un barracouda qui manz li deux doigts du milieu. Depuis, quand il marche dans le sable, laisser juste trois traces, comme grand l'oiseau.

– Calebasse est mort ! J'ai vu son cadavre dans le congélateur de la villa Vilea.

– Comment toi sûr que c'était lui ?

– J'ai trouvé sa gourmette, gravée à son nom.

– Autour de son poignet ? dubite Momi.

– Heu... non. Accrochée à sa chemise.

– Il l'a perdue, mais c'est pas lui pour mort !

– Enfin... j'ai vu sa photo. C'était bien lui.

Le rasta entoure la marque dans le sable d'un index rageur.

– Un seul homme aux Seychelles peut faire ça dans le sable. Calebasse est vivant. Le mort, mon kroir c'était Banane, son cousin. Ils ont la figure pareille même. Depuis trois jours, personne pas vu Banane.

– J'ai trouvé dans sa poche la clé triangulaire pour le relevé des compteurs.

– Normal : Banane travaille aussi à P.U.C., la société d'électricité.

– Alors Calebasse aurait poignardé son propre cousin ! Pourquoi ?

– *Mon pa konnen ! Larzan*, peut-être ?

A l'extrémité de la crique, plusieurs sentiers s'offrent à nous. Le slip de bain de Charlotte, largué dans les veloutiers, nous indique le chemin du bord de mer. Momi me tend le trophée en grinçant :

– Maintenant, à part son pansement, ta femme est complètement à poil !

– Ce n'est pas ma femme ! grondé-je. Calebasse nous entraîne dans un piège, je le sens.

Le rasta tapote la machette glissée dans sa ceinture.

– Pas tracasser ! Moi plus fort que li ! *Mon kapab koup son latet !*

– On se trouve où, là, exactement ?

– Sur l'autre rive de l'île. Si bien marché, tonton Béru et M'ame Lucette bientôt arriver à not' rencontre.

Nous progressons sur un parterre de feuilles racorniées et de palmes en rouies. L'ombre d'un arbre majestueux nous gratifie d'un carré de fraîcheur.

– Voilà un coco de mer, m'explique Momi ; comme dans la vallée de Mai. Juste aux Seychelles on peut voir. Pas ailleurs.

– C'est lui qui porte la plus grosse noix du monde ?

– Coco-fesse ! On l'appelle comme ça parce qu'elle ressemble devant et derrière aux fesses de madame. Guette en l'air, y en a trois accrochées à la même grappe. Chaque noix pèse plus de quarante livres.

J'ai tort de lever le nez, et le rasta aussi.

Nos pieds se prennent dans un filet de pêche déployé dans les broussailles et déclenchent une catapulte qui nous envoie valdinguer dans les airs. Je me retrouve suspendu par une jambe dans le trémail. Plus léger, Momi fuse vers les noix de coco-fesse. Sa tête heurte violemment les bogues mastodontes. Il perd connaissance, miraculeusement accroché par un bras, le corps dans le vide.

Quand je pressentais que Calebasse nous tendait une chausse-trape ! Il n'aura guère de mal à nous éliminer dans la posture minable qui est la nôtre.

Les brindilles craquent au-dessous de nous. Quelqu'un approche. Je retiens ma respiration.

*
* *

– J'sais pas c'que j'ai, j'sus barbouillé.

– Tu vas mourir, pronostique Lucette.

– Quand même pas ! Mais j'me sens mal dans mon assiette.

– Je te dis que tu vas mourir, insiste la sexologue.

Elle s'assied sur un rocher. Béru se laisse choir auprès d'elle. Même du haut de mon cocotier, pendouillé par les pieds, je constate qu'il a le teint pâlot. Mû par mon instinct, alors que je m'apprêtais à réclamer de l'aide, je décide de boucler mon clapoir.

Lady Largefigue caresse tendrement les cheveux gras laqués de sueur du Nauséeux.

– Il faut que je te raconte une histoire, Alexandre. Une histoire pas drôle. La mienne. Quand j'avais treize ans, dans mon quartier, je croisais souvent un jeune acteur de cinéma qui habitait ce coin du quinzième. Il était déjà célèbre et riche. Son beau visage boudeur et son corps musculeux dégageaient une sensation de virilité sulfureuse, comme Marlon Brando en son temps ou Brad Pitt aujourd'hui. Il a bien changé, par la suite...

Le Gravos largue un jet de bile et se torche les babines dans les poils de son avant-bras.

– Tu veux causer de Troipardeu ? demande-t-il du bout des lèvres.

Lucette ô pine ! Et à-qui-est-ce ?

– Un jour, en sortant de la boulangerie, je tombe nez à nez avec lui. Il me bouscule. L'accasion est trop belle, je lui demande un autographe. Il me répond qu'il va faire encore mieux pour s'excuser et me dédicacer une photo. Suffit que je l'accompagne chez lui, c'est à deux pas. Son studio est vaste, plutôt frime, avec un grand lit sur une estrade et une baignoire circulaire dissimulée derrière des plantes en pot.

» Il m'offre un jus d'orange, me signe son portrait et me raccompagne à la porte. Là, sous prétexte de me donner la bise d'adieu, il écrase ses lèvres contre les miennes et me roule une interminable pelle.

– Le gros salaud ! Bieurkkk...

Dans un spasme, Béru gerbe un long filet de bave.

– J'avais déjà embrassé des garçons de mon

âge, poursuit la femme, mais le baiser de cet adulte m'a fait tourner la tête. Il était sensuel, envahissant. Gérald a glissé une main sous mon pull et m'a frôlé les seins. Je frissonnais, anxieuse et bouleversée. Présageant ma reddition, il s'est enhardi et a entrepris de me caresser entre les cuisses. J'ai crié que je ne voulais pas, mais ses doigts précis pianotaient voluptueusement dans ma culotte. Je me suis retrouvée allongée sur le lit, jambes écartées. Il me léchait à travers mon slip. Puis il l'a déchiré et j'ai senti sa langue serpenter dans ma minouche.

Béru réprime un nouveau hoquet.

– T'sais qu'si j'étais pas tant mal z'en point, tu m'f'rais bander, la manière qu'tu racontes ?

– J'avais beau résister et me débattre, je n'ai pas pu m'empêcher de jouir. Mon orgasme l'a survolté. Il s'est allongé sur moi et son sexe énorme et dur m'a perforée. Je saignais, je pleurais, j'avais mal jusqu'au fond du ventre. Ensuite il m'a mise à quatre pattes et m'a sodomisée avec une ignoble brutalité. Puis il a voulu éjaculer dans ma bouche et m'a obligée à avaler en me pinçant le nez.

– Quel gâchis ! L'foutre, ça s'avale pas, ça s'déguste !

Alexandre se tasse sur lui-même. Ses traits se creusent.

– J'pige pas c'qui m'arrive...

– Je te l'ai dit : tu vas mourir. Je vais tout te raconter, mais je ne suis pas sûre que tu seras encore là pour entendre la fin.

Tu ne la trouves pas effrayante de froideur, cette gonzesse ? A écouter le récit des sévices qu'elle a subis, on se croirait dans un reportage traduit du westphalien sur Arte.

Depuis un bout de moment, j'ai repéré la machette accrochée à la ceinture de Momi. Le rasta flotte toujours dans le sirop des Vosges. Chopé par le bras, il se balance comme un jambon fumé. La stagnation du sang dans les ribouis ne favorise guère la reprise de conscience. Quant à mécolle, tronche en bas, c'est plutôt l'apoplexie qui me guette. Va falloir me remuer le derche si je ne veux pas finir en fromage de tête. J'imprime un léger mouvement d'oscillation à ma carcasse et l'amplifie, nageant dans les airs comme un poisson volant. Le vent en agitant les palmes couvre le bruit de mes ébats.

Lucette réentonne son odyssée. Je prête l'oreille. C'est d'ailleurs la seule chose qu'il m'arrive de prêter. Le reste, je le donne.

– Il m'a menacée : si je racontais tout à mes parents, il m'accuserait de l'avoir aguiché et je passerais pour une petite vicieuse. J'étais vraiment naïve et je suis rentrée sans rien dire. Je vivais seule avec maman, dans un petit appartement, rue Sarasate. Ma mère faisait des ménages pour subvenir à nos besoins et je ne manquais de rien, surtout pas d'amour. Elle a tout de suite compris qu'il s'était passé quelque chose de grave. J'avais l'œil embué, le feu aux pommettes, les vêtements fripés, et j'avais oublié la baguette de pain. Maman m'a demandé de me changer et a remarqué ma culotte déchiquetée. Elle m'a emmenée chez le docteur qui a constaté le viol. Le soir même, Troipardeu était arrêté. Mais le lendemain un avocat s'est présenté à la maison. Il proposait une somme faramineuse pour qu'on retire la plainte et que je reconnaisse que j'avais menti.

» C'est avec cet argent qu'on a changé d'appartement et que ma mère a payé mes études. J'ai pris les nom et prénom de ma grand-mère maternelle et j'ai essayé d'oublier.

Béru se penche en avant et expectore des bulles de barbe à papa. La belle Largefigue sourit.

– Rassure-toi, tu n'en as plus pour longtemps à souffrir. La vie est bien faite, elle s'arrête lorsque le corps refuse la douleur. Chez moi, c'est l'âme qui souffre, et là, on endure jusqu'au bout.

» Mes rapports avec les hommes sont devenus cruels. Jamais aucun d'eux n'a réussi à me donner du plaisir, tant je les méprisais. Alors j'ai suivi des cours de sexologie pour aider les femmes dans ma situation. Mais je n'ai rien pu faire pour mon propre cas.

D'un coup de reins de carpe, je parviens à empoigner une branche et à m'y cramponner. *Carpe diem !* Je ne suis plus qu'à un mètre du coutelas du rasta.

– J'ai fini par comprendre que seule la mort de mon tortionnaire pourrait me délivrer du mal qui m'habitait. Alors j'ai décidé de le faire assassiner.

– Mauvaise idée..., bredouille Béru, l'œil glauquissant.

– Par un article de presse, j'ai découvert que

quelqu'un le détestait autant que moi. Je suis entrée en contact avec lui. Moi, je le connaissais ; lui ignorait mon identité et je tenais à préserver cet anonymat. On communiquait par messages écrits. Aujourd'hui, le téléphone est devenu le premier indic des flics, tu le sais mieux que moi.

– Dans l'église, c'est donc toi qui m'as z'assommé et qu'as massacré la bigote ?

– Je voulais juste l'estourbir. Il s'agit d'un malencontreux accident.

Une nouvelle reptation et j'agriffe une palme. Je me rapproche encore de Momi qui, bien qu'en l'air, émet des signaux de retour sur terre.

Trente pieds plus bas, mon vieux pote s'effondre à plat ventre. Flic dans l'âme, il tourne sa pauvre bouille de court-bouillon vers sa compagne.

– Qui c'était, ton con-qui-plisse ? Nikkelkuu, le clown ?

– Je me suis engagée à ne jamais dévoiler son identité et je respecte toujours mes engagements.

– Comment se fesse qu'on s'aye rencontrés, moi et toi ?

– Je savais que Troipardeu devait interpréter

le rôle de Béru dans le prochain film de San-Antonio. Alors j'ai voulu connaître la version originale, le vrai flic Bérurier. En fréquentant le salon de coiffure de ta femme, je suis devenue sa copine, et puis la tienne. Par toi, j'allais être informée au jour le jour de l'évolution de l'enquête quand ce salaud serait mort. Et c'est exactement ce qui s'est passé. Je peux dire merci à ta grosse vache !

– Berthe est p't'êt' une grosse vache, mais c'est pas une assassine, elle ! ânonne le Baudet buildé en dégurgitant une écume à la frangipane. Et j'te permette pas d'insultasser ma légitime !

Sur sa lancée, Lucette poursuit sa confession d'une infante du sexe.

– C'est la disparition de Jean Ballatouva qui a donné le top. San-Antonio évaporé dans la nature, Bérurier poignardé huit jours plus tard : une magnifique fausse piste à offrir aux enquêteurs ! Comment imaginer que ces deux événements n'étaient pas liés au film ?

» Tout s'est déroulé comme je l'avais voulu. J'avais tout prévu… sauf que tu réussirais à me faire jouir, Alexandre ! J'ai un certificat de psychologie et j'ai donc pu analyser mon problème personnel avec le maximum de recul possible. Je sais depuis longtemps que je ne pardonnerai jamais à un homme de me donner du plaisir comme celui qui m'a jadis souillée.

» Il fallait donc que tu meures. J'ai payé mon acolyte pour t'éliminer, mais cet idiot est plus adroit avec un pic à glace qu'avec un fusil à lunette. Il t'a raté et il a tué Mlle Brancoche. Remarque, ce n'est pas très grave, c'était une mauvaise patiente. Trop impatiente, elle ne serait jamais parvenue à l'orgasme vaginal.

D'un geste prompt, j'attrape la machette de Momi. Il ouvre un œil. Nos deux visages sont supendus l'un en face de l'autre, mais à l'envers. Pour réprimer toute manifestation de sa part, je barre ma bouche d'un index éloquent quoique muet.

– Chut ! soufflé-je en désignant nos voisins du dessous.

Il constate nos piètres postures et chuchote :

– *Ki nou pour fer ?*

– Écoute... je vais essayer de casser cette grappe de cocos de mer qui nous gêne. Avec ta main libre, tu pourras t'agripper à la grosse branche et grimper dessus. Je te lancerai le couteau, tu te dégageras et tu tireras le filet pour me libérer à mon tour. Possible ?

– N'a pas problème.

Sous la canopée, la terrifiante Largefigue tapote les bajoues de Béru. Sans résultat. Le Gros vient de plonger dans le coma.

– Alexandre... réponds-moi. J'ai empoisonné ta bière, il faut que tu le saches, mon sumo adoré, sinon à quoi aurait servi que je te tue ? Écoute-moi ! Je veux que tu m'entendes ! C'est moi qui t'ai assassiné alors que je t'aimais tant. Maintenant que tu es presque mort, je vais te faire un aveu que tu ne répéteras surtout pas : j'avais tout inventé. C'est mon petit copain qui m'avait dépucelée, et très mal. Troipardeu, je n'ai jamais fait que le croiser devant la boulangerie. Mais il m'avait fait jouir dans mon imaginaire. Il devait expier, comme expierait celui qui me ferait jouir à nouveau. Je ne pouvais agir autrement. Pardonne-moi, mi amor tant abhorré. Meurs en paix.

Mon premier coup de machette lui fait lever la tête. Elle ne m'aperçoit pas dans la sombreur des frondaisons. Mes coups redoublent. Lucette finit par me distinguer. Intriguée, elle s'avance sous l'immense palme.

– San-Antonio ?

– Écartez-vous !

– Mais qu'est-ce que vous faites là-haut ?

– Allez-vous-en ! hurlé-je.

La bombe de cocos-fesses s'abat d'une masse dans un fracas d'apocalypse. Et je pèse mes mots.

*
* *

Je te raconte pas la tartine !

Ce qui reste de la belle Largefigue, les taons, les fourmis rouges et les mainates s'en occupent dare-d'arrache-pied. L'écrabouillage de cette névrosée m'importe moins que la respiration chancelante de mon vieil Alexandre. Il a un teint cierge et un œil de vitrail. Ses lèvres cyanosées ressemblent aux fistules d'une chèvre atteinte de légionnariose.

– Il va mourir ? balbutié-je, l'âme vidée.

– Pi t'et' ! Épithète pas ! rétorque Momi, énigmatique. Mon grand-père Thon Blanc était *bonhomme dibwa* ! Comme prêtre vaudou en Haïti. M'a appris les tisanes contre les poisons. Va faire la guerre avec Calebasse, mais toi méfier : il est malice ! Moi, m'occuper de ton *dalon*. Je garde la machette pour coupailler les plantes.

Détresse au ventre et cœur en rogne, je poursuis le chemin qui mène vers une plage intime coincée entre deux amas de rochers. Sans être grand Sioux, je retrouve dans le sable les traces de la patte d'oiseau de Calebasse. Bien dessinées. Presque trop en évidence. Je relève le nez, en alerte extrême, et remarque une minuscule fléchette fichée dans le tronc d'un cocotier. L'une des lances du fusil hypodermique.

L'empreinte tridactyle m'entraîne vers une faille dans la rocaille.

– N'avance plus ! me lance une voix invisible, comme aurait pu si joliment l'écrire l'Alexandre (Dumas paire).

Je m'immobilise.

Un grand Black surgit de l'ombre, tirant Charlotte par les cheveux. Il l'oblige à s'accroupir à ses pieds. Elle est nue, les poignets entravés par un tortillon de fil de fer, une machette menaçante marlonbrandite au-dessus de sa tête.

– Si tu bouges, je la décabite !

– Fais ce qu'il te dit, je t'en supplie ! m'implore-t-elle.

Une seconde fois, je reconnais Calebasse. Il a effectivement la même tronche que son défunt cousin Banane. Je pense que la maman de l'un a dû bien connaître le papa de l'autre.

– Qu'est-ce que tu veux, Calebasse ?

– Tu me connais ?

– Je connais surtout ton pied d'albatros. Et puis Banane aussi. Il a attrapé un sacré rhume dans le congélo de la villa Vilea, ton cher cousin !

– Ne fais pas le mariolle avec moi. J'ai vécu presque dix ans avec une francophone. Je connais les subtilités de votre langage et la manière que vous avez, vous autres, de prendre les nègres pour des cerveaux lents !

– Arrête ton cirque et dis-moi ce que tu veux contre la liberté de ma copine.

– Le fric !

– Quel fric ?

– MON fric ! Celui que tu as piqué dans le sac à dos de Pitt Van Bull.

Un petit coin du voile se déchire.

– Le tireur sous-marin, c'était donc toi !

– C'est mon gagne-pain.

– Quoi ? Plongeur ou assassin ?

Calebasse passe doucement la lame de son couperet sous la glotte de Charlotte qui hurle de terreur.

– Un peu les deux, maintenant. Alors, le pognon ?

– Il est en lieu sûr.

– Où ça ?

– Dans le coffre de l'Eden Palm. A l'intérieur d'un coussin de plage.

Il ricane, témoignant d'un flegme et d'une détermination inquiétants.

– C'est prudent. Ici, il faut se méfier de toutes les petites racailles. Tu vas aller le chercher.

– Comment ? Notre vedette a disparu.

– Je sais. J'ai coupé la corde de l'ancre. En ce moment, elle dérive vers le grand large. D'ici quelques semaines, on la retrouvera sur les côtes de Somalie. Avec ses deux passagers. Ou ce que les cormorans en auront laissé.

– Tu parles de Virginie et Jean Ballatouva ?

– Franchement, leur tromperie ne pouvait pas rester impunie ? Il faut sauver la morale ! Allez, va chercher le flouze.

– A la nage ?

– J'ai un bateau caché là derrière, sous la mangrove.

– Le bateau avec lequel tu as arraisonné et enlevé ta femme et mon ami ?

– T'es malin, toi, pour un acteur. En tout cas plus futé que ton copain Jean.

Je décide de mettre à bouillir sa patience.

– Non, non ! Ballatouva est bien plus futé que moi. Lui, il a baisé ta femme. Pas moi ! Enfin... pas encore. Mais ça doit pas être trop difficile.

Calebasse demeure en apparence imperturbable.

– Tu cherches à m'énerver. Et tu vas y arriver.

Il se penche, ramasse un bidon et arrose Charlotte avec son contenu. Puis il bat un briquet et en promène la flamme autour du corps de la fille.

– De l'essence. Si tu vas pas chercher l'argent, je la crame.

Je respire un grand coup et rameute toute mon énergie.

– Non ! Ton truc ça ne marche pas. Qui te dit que je ne vais pas revenir avec la police et l'armée ?

– Au moindre bruit d'avion ou d'hélicoptère, je bats le briquet. Je te verrai arriver de loin depuis Praslin : si tu n'es pas seul à bord, je la brûle. Et puis, je voulais ajouter un petit détail : si tu ne rapportes pas la mallette, je brûle aussi ta jolie fiancée.

Véridique : j'ai les copeaux ! Tu me flanquerais un crayon dans le derche, j'en taillerais la mine en pointe.

Je fais un pas dans la direction de Calebasse. Il bat de nouveau son Zippo.

– Tssss Tssss !

Je me fige.

– Écoute : la mallette, c'est vrai que je l'ai trouvée sous le compteur électrique, mais je te jure que je ne l'ai plus. Quelqu'un me l'a volée. Tu dois me croire.

– Démerde-toi. Si dans trois heures je n'ai pas l'argent, la mallette et mon bateau, ta petite amie part en fumée.

Dans les cas difficiles, je fais appel à moi ou à quelqu'un dans mon genre. D'une allure ultra-décidée, je marche sus à Calebasse.

– Stop, ou je l'égorge !

– Si tu l'égorges, je te tue.

Je continue d'avancer.

– Stop, ou je l'enflamme !

– Si tu l'enflammes, je te tue. Tu vas tout perdre : l'argent et la vie.

Cette fois, je fonce. Calebasse frotte à nouveau la molette du briquet.

– Arrache ton pansement ! hurluberlué-je.

Sans réfléchir, Charlotte décolle le sparadrap de son ventre. Calebasse hésite devant ma charge héroïque. Flamme dans une main, machette dans l'autre, il accepte d'en découdre et vient à ma rencontre.

Soudain il marque le pas, pousse un étrange hoquet et s'effondre, une fléchette fichée en pleine joue. L'essence s'embrase dans un souffle de titan (je pèse toujours mes mots).

Charlotte est transformée en torche vivante. Je l'attrape par le bras et me rue avec elle vers le rivage.

– Cours ! Plus vite !

A l'instant où nous plongeons dans les vagues, le jerrycan explose derrière nous. Nous demeurons de longues secondes sous l'eau avant de réémerger. Lorsque nous ressortons, Charlotte se love autour de moi et je sens sa langue me fouailler jusqu'aux confins du pylore.

– Je suis vivante ! s'émerveille-t-elle. Je n'ai même pas mal !

– C'est la combustion des vêtements qui occasionne les brûlures au troisième degré. Sur un corps nu, l'essence brûle bien avant la peau. Tu auras sans doute besoin d'une permanente et de te raser le frifri. Encore que... j'adore les rousses !

Enlacés, nous regagnons la grève perlée d'écume.

Calebasse achève de se consumer. Il est toujours aussi noir, mais beaucoup plus petit et gravement charbonneux.

Assis en tailleur dans le sable, fusil sur les genoux, Claude Sologne contemple le brasero, le regard bizarre.

– J'ai piqué le fusil et me suis caché sous les veloutiers, confesse-t-il. J'ai vu ce type embarquer Charlotte Moulebœuf. Je les ai suivis à distance. Plusieurs fois j'ai essayé de l'endormir, mais je le ratais. Je tire mal, je crois l'avoir clairement expliqué dans mon livre, à la page 147.

C'était ma dernière flèche. J'ai visé la jambe et j'ai touché la tête. Un miracle.

Je lui tends la main et l'aide à se relever.

– Merci, mon cher Claude. Vous avez été formidable.

Il sourit dans sa barbichette.

– Je sais. Et justement, à propos de vos droits, je crois que 3 %, c'est vraiment le maximum que je puisse faire, San-Antonio.

Chapitre quatorzième

Dans lequel je retrouve un être cher, tandis qu'un nouveau félon se révèle

– C'qu'y m'a fait avaler, ç'avait un goût d'crapaud fermenté dans l'oignon pourri.

– Y avait aussi des escargots bavants écrasés avec des crottes de salamandre et du purin d'orchidée ! précise Momi.

– Y me semblait bien !

Sans avoir recouvré son teint de pêche de vigne, Béru a récupéré la station verticale et nous suit sans difficulté sur le chemin du retour.

Pour la Saint-Jean, Hippolyte n'a pas lésiné. Son feu s'aperçoit de tous les points de l'île, et a fortiori du large. Lorsque nous le retrouvons, il a déjà les deux yeux pochés et une pommette tuméfiée. Excité par le brasier, le kangourou en furie lui flanque une méchante raclée. Chaque fois qu'il essaie de frapper, l'assistant est débordé par son adversaire moitié plus petit que lui.

– Putain ! gémit l'Hippo. J'ai pratiqué cinq ans la boxe dans les mi-lourds et je m'laisse torcher par ce microbe !

Alexandre s'avance, conquérant.

– Y faut ruser avec ces marsupilamiaux ! Laisse-moi faire...

Béru se positionne face au kangourou new age.

– Regarde ! Je feinte du droit et je lui balance ma targette dans les joyeuses !

– Quelles joyeuses ? C'est une femelle.

Le coup de latte du Gravos est esquivé par l'animale (féminin d'animal, c'est tout frais accepté au *Littré*, mais tu trouveras pas « Un bête »). La kangourousse contre d'un direct au foie. Sous l'impact, le Gravos, encore souffreteux du garde-manger, balance un nouveau gerbis dans la poche ventrale de la boxeuse.

Écœurée, la marsupiale abandonne le combat et, en trois bonds, court se réfugier dans sa cage qu'elle boucle à double tour. Si elle pouvait parler, elle réclamerait de toute urgence son rapatriement par Europ Assistance vers le zoo de

Francfort où elle est née et qu'elle n'aurait jamais dû quitter.

Les événements se précipitent.

Charlotte ayant réintégré une tenue décente (qui ferait quand même bander le plus avachi des membres de la chambre des Paires) nous désigne un point à l'horizon. Un bateau qui rapplique vers nous à toute vibure. Une gerbe d'écume le poursuit. Cette fois, Béru n'y est pour rien.

Je ne tarde guère à identifier la vedette de feu Julius, notre bien regretté secouriste, celle-là même dont Calebasse a largué les amarres. Le barlu se rapprochant, on commence à distinguer le type qui le pilote. Alexandre me pousse du coude.

– Ho ! J'ai la berlue, ou c'est...

– Si tu as la berlue, je l'ai aussi !

La vedette s'arrête au ras de la barrière de corail. Le barreur plonge et crawle en direction du rivage. A bord, le policier à chemisette blanche et moustache de Saddam Hussein m'adresse un geste amical. Je le lui rends. Mais c'est le nageur qui monopolise mon attention. Je me précipite vers lui, l'aide à s'extraire du ressac et le serre dans mes bras.

– Mon fils !

– Papa !

Nous roulons dans le sable en chahutant comme deux gamins.

Sur la grève, Béru pète sa joie et sa santé recouvrées. Claude Sologne, Hippolyte, Momi et Charlotte ont du mal à piger le pourquoi du comment du trucmuche.

– Toinet ! m'ébahis-je. Qu'est-ce que tu fiches ici ?

Il darde (toujours eux) sur moi son regard azuréen.

– C'est à la fois très simple et très compliqué...

– Commence par le plus simple.

– Voilà. Un pêcheur a signalé une vedette qui dérivait vers le large. Je suis parti sur le rafiot des gardes-côtes avec le chef de la police locale. On a récupéré la vedette et les gardes ont emmené ses passagers à l'hôpital.

– Ballatouva et Virginie ?

– Exact. Ils étaient saucissonnés sur les banquettes.

– Comment vont-ils ?

– Un peu sous le choc, déshydratés, mais rien de grave : ce sont des sportifs.

Je le presse de plus belle contre mon poitrail.

– Voilà une bonne nouvelle. Bravo, fils. Mais ça ne me dit toujours pas ce qui t'amène sur l'île Marianne.

Il accepte la binoche que lui tend le Mastard.

– T'inquiète, San-A, elle est pas emboconnée, celle-là, j'viens juste d'la décapuceler.

– Je t'écoute, Toinet.

– Amélie et moi, on avait décidé de passer quelques jours à l'hôtel Lémuria. Du golf un peu, de la langouste beaucoup, et de la fourrette passionnément. Royal au bar, quoi ! On a lié connaissance avec un petit pédé sympa...

– Jean Loufdez ?

– Lui-même. Il m'a raconté l'assassinat de Pitt Van Bull et l'acte héroïque d'un grand beau mec. Et puis le coup de bambou asséné par un gros dégueulasse – excuse, tonton Béru, je rapporte ses propos. Tout ça m'a intrigué. J'ai appelé Pinuche...

– Il aurait pu me prévenir que t'étais aux Seychelles.

– Il a essayé, mais tu ne l'écoutes jamais. Tu

lui raccroches au blair ! Par lui, j'ai su que vous logiez à l'Eden Palm. Je m'y suis pointé, j'ai enquêté et de fil en aiguille...

– ... De fil en aiguille, tu m'en bouches un coin ! Chapeau, fiston.

Il fait la moue.

– Y a autre chose. Pinaud a découvert que la gamine violée par Troipardeu n'était autre que...

– ... Lucette Largefigue, la nana de Béru. Je sais. Mais elle, elle ne le sait plus.

– Morte ?

– Mieux que ça. Si t'as envie d'un tartare à la noix de coco, te gênes surtout pas. Et ta fiancée ?

– Amélie est restée à Praslin. Elle enquête sur Pitt Van Bull. Ce nom lui évoque quelque chose.

– Même en vacances, vous constituez un sacré tandem de flics ! Ma descendance est assurée.

Toinet me claque la paume.

– Toujours aussi modeste, le padré !

*
* *

Lorsqu'on aura recruté des toubibs, acheté du matériel et des médicaments, l'hôpital de Baie Sainte-Anne, moderne édifice de style néo-colonial, deviendra au moins l'équivalent du C.H.R. de Saint-Cucufa-les-Olivettes.

On a placé Ballatouva et Virginie sous perfusion pour les réhydrater. Ils somnolent dans la pénombre. Un ventilateur tourne mollement au-dessus de leurs lits. Mon copain ouvre un œil et me sourit.

– San-A ! J'étais sûr de pouvoir compter sur toi.

– C'est pour ça que tu m'as adressé ce message bizarroïde depuis la villa Vilea ?

– J'ai profité de la débilité de notre geôlier pour le convaincre qu'un coup de fil à la police française affirmant que tout allait bien suffirait à stopper l'enquête.

– Tu parles de Banane ?

– Ouais. Calebasse a rappliqué à ce moment-là. Il était fou de rage contre son cousin. Il est allé chercher un couteau dans la cuisine et l'a poignardé. On a été obligés de déménager. On a vécu les derniers jours sur une barcasse, ficelés et bâillonnés, dans un marigot de l'île Marianne.

A son tour Virginie lève un cil. En dépit de ses traits ravagés par la souffrance et l'anxiété, je te jure que c'est une vraie blonde à croquer. Balla se penche et lui caresse tendrement la joue.

– C'est San-Antonio. Il nous a sauvés.

– C'est mon fils qui vous a sauvés.

– Si tu n'avais pas rappliqué aussi vite aux Seychelles, on serait morts tous les deux.

J'en viens à l'essentiel.

– Parlez-moi de la mallette.

– Quelque temps après mon arrivée à Praslin, un type est venu trouver Virginie, un ornithologue.

– Pitt Van Bull ?

– Exact. Raconte, chérie, c'est à toi qu'il a fait la proposition.

La jeune femme s'exprime d'une voix grave et bien posée, surlignée d'un léger accent wallon. La belgitude constitue une marque indélébile qu'il serait dommage de faire fondre dans le creuset de la franconnerie.

– Cet homme m'a expliqué qu'un bateau expérimental avait fait naufrage il y a vingt ans entre Marianne et l'île Félicité. Il souhaitait que je retrouve l'épave à l'intérieur de laquelle se trouvait une mallette contenant d'importants documents scientifiques. Il m'offrait dix mille livres pour retrouver cette mallette. Il m'a fourni quelques précisions sur le site où avait coulé l'embarcation. J'ai trouvé ce projet excitant et j'ai accepté. Avec Jean, on a consacré toutes nos plongées à la recherche de l'épave. C'était un excellent entraînement.

– Et vous avez fini par la retrouver ?

– Oui, sur un haut-fond, par trente-deux brasses de profondeur. Une chance, car l'océan à cet endroit peut descendre jusqu'à plus de deux cents mètres.

– Comment se fait-il que la mallette ait été aussi bien conservée après tant d'années sous l'eau ?

– Elle était enfermée dans un caisson parfaitement étanche, m'explique Balla. C'est quand on est remontés que ça s'est corsé. Le mari de Virginie et son cousin nous attendaient à bord. Je me suis bagarré, tu sais que je ne suis pas manchot. Mais j'ai fini par morfler, contre ces deux malabars. Calebasse m'a demandé d'ouvrir la mallette. Sous la menace, j'ai essayé. Un message...

– J'ai entendu le troisième...

– Il a insisté pour je fasse une deuxième tentative. C'est une ordure, mais pas un idiot ; il a compris qu'on risquait gros si on insistait et qu'il valait mieux faire appel à un spécialiste.

Virginie frissonne d'angoisse rétrospective.

– Ils nous ont emmenés de nuit à la villa Vilea et nous y ont séquestré. Sans arrêt des menaces et des brimades. Il nous a laissés trois jours ligotés sur le lit à faire nos besoins sous nous. Il espérait nous dégoûter l'un de l'autre. Il n'y est pas arrivé.

Je retourne obstinément au cœur de mon enquête.

– C'est lui qui a négocié avec Pitt Van Bull ?

– Bien sûr, confime mon ami. Il s'est dit que si cet homme était prêt à payer dix mille livres pour la mallette, c'est qu'elle en valait dix fois plus. Il s'est fait passer pour moi et a réclamé cent mille livres. L'autre a accepté, mais a demandé du temps afin de réunir la somme. Pour contacter Van Bull, il l'appelait ou se faisait appeler dans ma chambre de l'Eden Palm.

Je tique. Van Bull n'a-t-il pas reconnu Balla lorsque j'ai imité sa voix ?

– Il communiquait directement avec Pitt Van Bull ?

– Non. Il me faisait enregistrer des messages sur un magnéto. C'est une vraie malice, ce type, doublée d'une nuisance, comme on dit ici.

– C'était. Il est mort cramé comme un bonze.

– Voilà une bonne nouvelle. Bien... je crois qu'on t'a tout dit.

Je frôle le front moite de Virginie.

– Et maintenant, qu'est-ce que vous allez faire ?

– Je vais récupérer ma gamine et rentrer en Europe pour oublier tout ça.

– Et toi, Balla ? Tu vas reprendre le rôle de San-Antonio ?

Il me chope la main et la serre de toutes ses forces.

– Sûrement pas ! Dans mon message, tout était bidon, pour mieux t'alerter. Sauf que je suis vraiment amoureux. Je décroche définitivement. Je rêve d'une petite fille qui court dans un jardin, d'un bébé à venir qui tétera le sein de sa mère, d'une femme qui m'aime sans savoir qui je suis et que j'aime en oubliant qui j'ai été.

– Je vous souhaite le bonheur simple auquel vous aspirez. Mais dis-moi, vieux... Pourquoi, depuis les plus hauts sommets de l'État jusqu'à l'ambassade de France aux Seychelles en passant par le ministre de l'Intérieur, toutes les forces vives de la nation se sont mobilisées pour qu'on te retrouve vivant ?

Il éclate d'un petit rire nerveux.

– Tu te souviens de Mazarine, à l'époque Mitterrand ? Eh bien, je suis son homologue par rapport au nouveau...

– Attends ! Tu ne veux pas dire que tu serais le...

– Eh si !

– Ah merde !

– On ne dit pas « merde », San-A, on dit « crotte de caniche » !

***

Ambiance de fête au bar de l'Eden Palm. Claude Sologne lève son verre de ti-punch.

– Tout s'arrange ! On va enterrer nos morts

avec le respect qu'on leur doit. On va les remplacer au plus vite, tout remettre en place sur l'île Marianne, et dans trois jours le tournage reprend ! Comme un bonheur ne vient jamais seul, Gérard Lanvin et Gérard Depardieu ont fini par accepter les rôles principaux. Ce qui signifie, San-Antonio et vous, mon cher Bérurier, que je n'ai plus besoin de vous. Naturellement, la production prendra en charge vos billets de retour, et la tournée d'apéros est pour moi !

Il y a vraiment des gens sur qui on peut compter quand on n'attend rien d'eux.

Je me dirige vers la tablée de mon fils et d'Amélie, qui ont sympathisé avec Hippolyte et Momi et se gavent de bières pression.

Toinet me tend l'une de ses chopes à peine entamée.

– A la tienne, papa ! Je crois qu'Amélie a des trucs intéressants à te raconter.

Nous trinquons. Malgré sa légère ébriété, ma future bru me dresse un rapport circonstancié de ses recherches sur internet.

– Je suis entrée en contact avec Interpol. Pitt Van Bull s'appelle en réalité Rod Weiler. Il s'agit d'un mercenaire sud-africain. En 1984, il a fomenté un coup d'État contre le gouvernement seychellois. Cette tentative s'est soldée par un fiasco. La vedette des assaillants a été coulée par les gardes-côtes. Tous les mercenaires ont été tués, sauf Weiler. Excellent plongeur, il a réussi à échapper au carnage. Il a été recueilli par un pêcheur hostile au régime de l'époque, qui l'a caché puis emmené jusque sur les côtes de Tanzanie.

» Mais là, il a été identifié et arrêté. Il vient de purger vingt ans de détention dans des conditions d'hygiène plutôt sommaires. Il a perdu trente kilos et l'un de ses poumons. A sa libération, il a changé d'identité. Il est revenu aux Seychelles, sans doute pour retrouver l'épave de son bateau.

– Et surtout la mallette ! ajouté-je. Que peut-elle renfermer, cette maudite mallette ?

– Là, on en vient aux suppositions. Soit une grosse somme d'argent, des numéros de coffres, ou des documents compromettants pour le pays commanditaire du coup d'État.

– Quel pays ? insisté-je.

– Aucune preuve de ce que j'avance. Mais sans doute un État dirigé par une reine qui ressemble à une gentille mémé, sauf quand elle fait éliminer ceux qui la dérangent dans sa réussite d'après-dîner.

– Le problème, c'est que la mallette a disparu, fait justement remarquer mon petit Toinet.

Momi liquide son verre et se lève en bâillant, visiblement ennuyé par notre conversation.

– *Mon fatigué fatigué ! Pour dormi viteman ! Salut, tou dimoun !*

Il s'éloigne dans la nuit z'étoilée.

Le pif en émoi, je le file à pattes de velours.

Il sinue entre les bungalows et se dirige vers la buanderie de l'hôtel. Il en ouvre la porte, fait la lumière et s'accroupit. Il plonge le bras sous une imposante machine à laver et en ressort la mallette. Il la dépose sur une planche à repasser, dégaine sa machette et la glisse dans la fente de la serrure.

– Ne fais pas ça, Momi ! hurlé-je.

Trop tard.

Je me jette à plat ventre dans un massif de *bornibus amoracée.*

Une explosion infernale et dantesque (je continue à peser mes mots) !

La main du rasta encore accrochée à la poignée de la mallette vole-plane au-dessus de ma tête.

Le reste, tu es bien trop sensible pour que je te le décrive.

Dernière bobine

PHOTO FINISH

Chapitre ultime

Dans lequel tout se résout,
autrement sinon c'est
que j'ai raté ma fin

Augustin Renoir est ravi de nous accueillir dans son atelier sous les combles d'un immeuble lépreux de l'impasse du Mont-Cenis.

– Commissaire ! Quel bon vent ? Et toi, Béru, tu es venu chercher tes tableaux ?

Le Gros secoue son double-triple menton.

– Ouais ! J'aim'rais bien récupérer mon diphtérique.

– Diptyque ! corrige le peintre. Tableau en deux parties.

– Escuze, j'suis pas férule en barbouille. Actuellement, j'me r'trouve en délicatessen avec ma régulière. J'pense qu'un beau portrait d'ma queue pouvrait lui ranimer la flamme.

– Viens voir ! J'ai achevé l'œuvre.

Le rapin nous dévoile la partie nord du tableau. Béru s'émerveille devant tant de réalisme.

– Ça me ressemb' tellement qu'on croirait moi !

– Merci ! Et maintenant, voici la partie sud.

De la taille jusqu'aux orteils, cette expression picturale de l'Enflure est conforme par ses redondances et son extrême pilosité. Pourtant, un détail non négligeable déclenche sa fureur.

– Non mais, t'as vu la biroute dont tu m'as enfublé ? tempête-t-il.

– Désolé ! Tu m'avais dit que tu étais bien monté… j'ai fait au mieux. Je peux la raccourcir si tu juges bon !

– Vingt centrimettes ! Une quéquette d'adjudant ! J'oserai jamais esposer c'tableau par crainte d'la peur du ridicule !

Béru baisse froc et calbute et exhibe ses avantages en nature. Renoir en devient blanc de stupeur.

– Ah oui ! J'avais vraiment sous-estimé le bestiau. Mais il y en a tellement qui se vantent.

Il attrape son appareil photo numérique et immortalise le modèle non réduit.

– Bon, bon ! Je vais rectifier le bas. Mais tu peux déjà offrir le haut à ton épouse. Une œuvre d'art fait toujours plaisir aux femmes raffinées de son espèce.

Je passe en revue les portraits pompiers mais d'honnête facture de ce brave Augustin : un fringant militaire sur fond des Invalides, une gauguine métisse avec la tour Eiffel en arrière-plan... A chaque fois, un tirage de la photo qui a inspiré l'œuvre est scotché au bord de la toile.

L'effigie d'une vieille Anglosaxophone au menton en galoche et au sourire de lapin écorché requiert ma concentration. Elle est représentée devant le même décor que le portrait de Béru : l'église Saint-Germain-des-Prés. Je décolle la photo qui l'accompagne d'un geste sec. Mon palpitant se met à cogner comme si j'avais battu Armstrong dans l'Alpe-d'Huez.

– Monsieur Renoir ! Il date de quand, ce tableau ?

– Je m'en souviens très bien. La mémé voulait m'offrir une *nice cup of tea* à son hôtel. Vous avez vu l'engin ? Avant que je me tire des tromblons pareils, il se passera encore quelques saisons. Remarquez, il va bien falloir que je lui livre son portrait et que je me fasse payer le reliquat. Là, je risque fort de passer au trapèze. Mais, bon, ce sont les aléas du métier.

Je lui boufferais la rate, si j'avais encore faim.

– Je vous demande QUAND ?

– Voyons... C'était le jour de l'assassinat de Troipardeu. Deux ou trois heures avant. Vous pouvez vérifier : la date et l'heure de la photo sont automatiquement inscrites au dos du tirage.

Je prends un énorme coup de bambou sur la calebasse. Derrière la taupe modèle, le cliché montre nettement une ravissante jeunette en robe légère.

Il s'agit de Charlotte.

Deux heures avant le crime.

N'a-t-elle pas prétendu qu'elle dormait encore à ce moment-là et qu'elle n'était arrivée sur les lieux que bien après le meurtre de Troipardeu ?

Mon ciboulot, sans prétention, vaut largement le dernier logiciel de Bill Gates en matière de déductions. Il fonctionne à plein régime et quelques événements infimes, voire des incohérences minimes, me reviennent en mémoire.

Mon portable branlote dans ma fouille. Pinuche au bout du bout. Il parle du nez, en proie à un gros rhube.

– Allô, Antoine ? Tchoum ! Tu es où ?

– A Paris, je suis arrivé de ce matin.

– Tant mieux, parce que si tu savais tout ce que je viens d'apprendre...

– Je le saurai quand tu me l'auras dit.

– L'A.D.N. a parlé. Tchoum ! Le type qui a volé la fausse fourgonnette de police pour récupérer le fric place Saint-Sulpice et qui a dérobé le faux taxi pour flinguer la petite Brancoche, on l'a identifié : c'est un figurant du tournage d'où les véhicules ont disparu. Il s'appelle...

– Jo Moulebœuf !

Un long silence. Quelques crachotis.

– C'est agaçant ! A quoi ça sert que je me décarcasse jour et nuit et que je chope la crève si tu sais tout, Antoine ?

– Je ne sais pas tout, loin s'en faut. Raconte.

– On l'a interpellé chez lui, un petit pavillon...

– Cité des Fleurs, ça je sais aussi.

– L'argent de Lucette Largefigue a été retrouvé sur les lieux.

– Comment a-t-elle recruté Moulebœuf pour exécuter ce contrat ?

– On a passé son cabinet au peigne fin et on a découvert la photocopie d'un article de *France-Soir* datant d'il y a vingt ans. Un entrefilet racontant la bagarre entre deux jeunes comédiens sur un tournage. Pour faire court, Troipardeu avait piqué la nana de Moulebœuf ; tous les deux avaient terminé à l'hôpital.

– Je commence à piger. Lucette, en proie à son délire, comprend qu'elle a enfin un allié. Tenant à son anonymat, elle entre en contact avec lui par le truchement de messages secrets. Elle lui propose trente mille euros pour liquider Troipardeu. Cantonné dans des rôles minables, avec une fille en révolte, Moulebœuf accepte. Il se dit qu'un peu de fraîche améliorera l'ordinaire et que, par-dessus le marché, il assouvira sa vengeance. Seulement, il sait qu'il risque de se retrouver un jour sur la sellette du fait de cette ancienne rixe avec son rival. Il a besoin d'un alibi en béton.

– Exact... tchoum ! éternue l'éternel cacochyme. Moulebœuf est un méchant ringard et il a balancé sa fille pendant l'interrogatoire. C'est

Charlotte, élevée dans la haine de Troipardeu, qui a conçu la machination.

– Je vois bien le plan. Nikkelkuu, un saltimbanque drogué et solitaire, va porter le chapeau, ou plutôt la perruque. Pendant que, déguisée en clown, la fille va planter l'acteur, son père neutralise le vrai clown, l'assomme et lui fourre la tête dans le gaz.

» Charlotte se change dans l'église puis s'installe à deux pas pour interpréter son numéro de Chaplin figé. Quand un flic – le gars moi-même en l'occurrence – vient l'interroger, elle le conduit tout droit chez Ilmäa Nikkelkuu, coupable expiatoire.

– Mouleboeuf est décidément un vrai empoté, car le type n'est pas mort, poursuit Pinuche après s'être trombonné dans son tire-gomme. Alors Charlotte lui brise les vertèbres cervicales pendant que tu es parti chercher du secours. Les expertises sont formelles : le coup du lapin est la cause instantanée de la mort du Finlandais. Or il respirait encore lorsque tu l'as laissé aux mains de la fille.

Je suis effaré par tant de froideur et de machiavélisme chez cette môme d'à peine vingt ans. Ses deux meurtres commis, elle décide de me draguer et de me ramener chez elle pour mieux me contrôler. Elle a compris que sa brûlure de cigare au ventre va la trahir. Alors elle chique la fille indisposée pour ne pas avoir à exhiber son nombril. Elle espère me retenir toute la nuit pour laisser les coudées franches à son père, le temps d'aller récupérer le pognon. Ma cascade dans le figuier perturbe légèrement leur plan, mais tout se déroule grosso modo comme prévu.

Charlotte a pris la précaution de me délester de mon portable. Prétexte pour reprendre au plus vite contact avec moi. Finement joué, la greluche !

Première séquence aux Seychelles : elle s'arrange pour se râper le ventre sur les coraux. Ni vue ni connue, la brûlure de havane. Première erreur, aussi. Lorsque je ramène Charlotte sur le rivage, elle est soi-disant inconsciente. C'est Julius, le secouriste, qui la ranime. Mais elle me remercie, moi, de l'avoir sauvée. Comment aurait-elle su mon intervention si elle naviguait pour de vrai dans le potage ? J'ai tout de suite eu le sentiment que Charlotte n'avait jamais perdu connaissance. Pourquoi avait-elle simulé ? Pour attirer l'attention sur elle ? Hypothèse plausible chez une starlette pétrie d'ambition.

Toute l'histoire s'est mise à présent bien en place dans mon ciboulot, et dans le tien aussi, j'espère, bonhomme lecteur ou délicieuse lectrice. Je crois avoir été clair.

Au bout du fil, Pinuche se racle la gorge et dépose vraisemblablement une fine belon dans son authentique cholet de haut tissage.

– Deux choses pas très sympa à rajouter, Antoine. Jo Moulebœuf nous a avoué que Charlotte était en fait la fille de Troipardeu.

Je suis abasourdi.

– Elle aurait donc tué son géniteur ?

– Sans le savoir. Son père nourricier ne lui a jamais rien dit. Et puis... à la fin de son interrogatoire, Moulebœuf a échappé à la vigilance du brigadier Poilala. Il s'est jeté par la fenêtre. Il ne s'en est pas relevé.

Coup de sonnette guilleret. Le peintre se frotte les mains après un chiffon.

– Décidément, les affaires reprennent.

– Laissez, Augustin, je vais ouvrir. C'est ma copine. J'avais rendez-vous ici avec elle.

Charlotte s'encadre, plus radieuse et séduisante que jamais. Son sourire éclatant se fige.

– Eh bien, tu en fais une tête : y a un problème ?

Je lui dépose un ultime baiser sur les lèvres.

– J'ai deux nouvelles pour toi, Charlotte. Une mauvaise, et une très mauvaise...

***

Béru s'arrête sur le palier du troisième. Il souffle comme un taureau de combat après le passage des picadors.

– On n'a pas eu d'bol a'ec nos gonzesses, dans c't'affaire. Charlotte, la tienne, est au trou. Lucette, la mienne, est dans l'trou...

– Et tu oublies Constance, la fliquette black, qui s'est fait péter la cervelle.

Il me tend la première partie de son diptyque.

– Tiens, porte-le z'un peu, j'sus vanné. Tu croives qu'c't'œuvre de lard va plaire à ma Berthe et qu'elle voudrasse encore de moi ?

– J'suis flic, pas conseiller matrimonial.

La porte de son appartement a été rafistolée et la sonnette pend au bout de ses fils. Il en presse le bouton d'un auriculaire tremblant.

– Passe devant, Tonio ! J'sus t'ému comme un collégien.

La lourde s'écarte en grand. La Gravosse s'encadre, vêtue d'une minirobe estivale qui laisserait dépasser la couture de son slip si elle en portait un. Elle reconnaît d'abord son mec sur le tableau, m'avise derrière la croûte, puis son Alexandre en troisième plan.

Le fard de son maquillage se craquelle de bonheur.

– Mon homme ! meugle-t-elle.

– Berthie ! mugit Béru.

Ils foncent l'un vers l'autre. L'œuvre d'Augustin Renoir explose sous la charge. Et moi je bascule entre leurs bras sur la moquette.

Tu n'a jamais été pris en sandwich dans un coït de pachydermes ?

Appelle-moi chez Fayard, je te raconterai.

FIN

Table

Première bobine
L'ASSASSIN DE BÉRU
HABITE AU 21

Deuxième bobine

LE CERCLE DES POTES DISPARUS

Troisième bobine

LES ENFERS DU PARADIS

Table

Composition et mise en pages réalisées
par ÉTIANNE COMPOSITION
à Montrouge

Impression réalisée sur CAMERON par
BRODARD ET TAUPIN
La Flèche

pour le compte des Éditions Fayard
en septembre 2004

Imprimé en France
Dépôt légal : septembre 2004
N° d'édition : 49257 – N° d'impression : 25701
ISBN : 2-213-62087-3
35-33-2287-7/01